U0633268

犁春居鉴稿

苏庚春 著

朱万章 编

SPM

南方出版传媒

花城出版社

中国·广州

图书在版编目（CIP）数据

犁春居鉴稿 / 苏庚春著；朱万章编. -- 广州：花城出版社，2016.8
（书蠹丛书）
ISBN 978-7-5360-7967-0

Ⅰ. ①犁… Ⅱ. ①苏… ②朱… Ⅲ. ①随笔－作品集－中国－当代 Ⅳ. ①I267.1

中国版本图书馆CIP数据核字(2016)第192974号

出 版 人：詹秀敏
责任编辑：文　珍　周思仪
封面绘画：朱万章
技术编辑：凌春梅
装帧设计：礼孩书衣坊

书　　名	犁春居鉴稿 LI CHUN JU JIAN GAO
出版发行	花城出版社 （广州市环市东路水荫路11号）
经　　销	全国新华书店
印　　刷	恒美印务（广州）有限公司 （广州南沙经济技术开发区环市大道南路334号）
开　　本	787毫米×1092毫米　32开
印　　张	6.25　16插页
字　　数	90,000字
版　　次	2016年8月第1版　2016年8月第1次印刷
定　　价	35.00元

如发现印装质量问题，请直接与印刷厂联系调换。
购书热线：020－37604658　37602954
花城出版社网站：http://www.fcph.com.cn

目 录

1

苏庚春的"法眼"（代序）

　　苏庚春（1924—2001），字更淳，河北深县人，出生于北京的古玩世家。他自小秉承家学，又博闻强识，从父亲苏永乾先生在北京琉璃厂经营字画古董行——贞古斋学习鉴定字画。后又师承夏山楼主韩德寿先生，耳濡目染，年纪轻轻便练就了一双鉴别书画的慧眼。当时，他与刘九庵、王大山、李孟东并誉为"琉璃厂书画鉴定四家"，郭沫若先生曾赞赏其"年少眼明，后起之秀"。1956年公私合营以后，苏庚春先生曾供职于北京宝古斋，任书画门市部主任等职。1961年，他应当时广东省副省长魏今非的邀请，和王大山一起调到广东省工作。王大山因不能适应广东湿热的气候，不久便返京；而苏庚春则一直留在广东，从此扎

1

根岭南半个多世纪，先后供职于广东省博物馆和广东省文物鉴定站。在京粤期间，他以其高深的学养和独特的鉴赏能力，为博物馆、图书馆、美术馆、海关等国家机构鉴定或征集文物达数十万件，保护和挽救了很多珍贵的文化遗产。他所培养的书画鉴定人才已成为广东文物鉴定界的中坚。

谁也不能准确统计，也无法说出苏庚春于二十世纪六十年代初南下广东后，究竟为广东的博物馆、美术馆及其他文物机构征集了多少书画藏品，为国家抢救了多少重要书画文物，但一提起苏先生的名字，广东的文博界几乎无人不知。大凡广东的博物馆、美术馆中有书画收藏者，几乎都有过苏先生参与鉴定或征集书画的记录。据不完全统计，经其手鉴定、征集和抢救的书画文物有数万件，尤其是广东省博物馆——就笔者目力所及，自六十年代初至八十年代中期苏先生退休，他所征集的书画就有三千多件。在博物馆的书画账本、卡片、包首、布套甚至木柜上，到处都能见到苏先生的手迹。这些手迹包括鉴定意见、征集经过、题签等，片言只语，字字珠玑。无疑，这些他所钟爱的书画饱含了其所倾注的数十年感情。尤其值得一提的是，他所抢救的两件国宝级书画——明代陈录的《推蓬春意图》和边景昭的《雪梅双鹤图》，在学术界已是尽人皆知。

　　1973 年，中国出口商品交易会在广州举行。苏先生例行对出口的古旧字画进行鉴定。按照当时政策，一些工艺品公司可以将不能进博物馆、美术馆收藏的古旧书画出口，以此为国家换取外汇。这类书画，一般多为伪品，或即使是真品，但大多水平不高，属等外品。为了慎重起见，作为南大门的广州，每次多由苏先生主持对这一批书画作最后把关，确信无误后才给予放行。在这一年，苏先生对天津送来的一件署款为"陈录"的《梅花图卷》产生了浓厚的兴趣。凭借他多年的经验，他断定，这件品相完好、画幅巨大（纵 29 厘米、横 902.5 厘米）、被当地文物鉴定部门定为伪品的《梅花图卷》极有可能是一条漏网的大鱼。于是，他以 30 元的价格为广东省博物馆买下来，带回馆里作进一步研究。陈录是明代早期著名画家，字宪章，号如隐居士，会稽（今浙江绍兴）人，工诗擅画，其中以梅、松、竹、兰为擅长，尤以墨梅的造诣最为精湛，与王谦齐名。他的传世作品不多。苏先生将此画与其他已有定论的

3

陈录作品进一步比较，发现系真迹无疑。该画引首有徐世昌和周右的鉴定名章，时人程南云题写篆书"推蓬春意"，拖尾则有明清两代鉴藏家刘昌钦、张泰、陈鸿寿、徐楙、卢昌祚、姚元之、杨殿邦、夏塽、林则徐等题跋。这些题跋也是真迹，更加印证了苏先生的判断。后来，中国古代书画鉴定小组的专家们来鉴定后，也都认为是陈录的精品，并被定为一级文物。到了八十年代，文物出版社还专门为此画出版了单行本册页，流传甚广；后来更被选入《中国美术全集》和《中国绘画全集》中。

至于抢救国宝《雪梅双鹤图》之事，则颇具传奇色彩。1982年，广州的文物征集人员从河南购买一批古旧书籍和字画，邀请苏先生去鉴定。当苏先生对每件书画和古籍逐一鉴定完后，没有发现多少可圈可点的宝贝。在临走时，突然对挂在墙上的一张颜色黯淡、发黄的旧绢产生了浓厚兴趣，觉得应该是一幅非常古老的旧绢。后来他花了490元将此绢购买，带回博物馆。他将绢上尘封的污迹小心翼翼地拭去，发现是一幅画有白鹤与梅花的古画，近而再摩挲，用放大镜审视，发现在画的右上角有一炷香题识："待诏边景昭写雪梅双鹤图"。苏先生一看，异常兴奋，因为画的风格与边景昭完全一致，而且又有边景昭自己的题识，当为边景昭真品无疑。苏先生后来将该画送往北京装裱修复，在题款下又发现了"边氏文进"和"移情动植"两方印，更进一步肯定了他的判断。二十世纪八十年代后期，启功、徐邦达、刘九庵、谢稚柳、杨仁恺等中国古代书画鉴定小组的专家们巡回鉴定到广东，看了这幅《雪梅双鹤图》后，均允称精品，并将其定为国家一级文物。据鉴定小组编辑的《中国古代书画图目》记载，边景昭传世的画作极为少见，仅有故宫博物院收藏的《双鹤图》《竹鹤双清图》（合作）两件、上海博物馆收藏的《杏竹春禽图》《花竹聚禽图》和《秋塘鸂鶒图》三件和广东省博物馆收藏的这件作品，共计六件。广东省博物馆所藏的此件作品纵156厘米、横91厘米，堪称鸿篇巨制，乃其传世画迹中之珍品。

这类例子还有很多，比如在北京琉璃厂的大甩卖中只花了3元钱便为广东省博物馆收购到明末清初广东著名水墨花鸟画家赵焞夫的《花卉册页》。1979年，广东省博物馆下属公司艺林轩文化发展公司吴振华等人从福建文物商店花1元购回被该店鉴定为赝品的徐悲鸿款《雄鸡图》。回到广州后，经苏庚春鉴定，该图实为真迹，乃徐悲鸿画赠其侄子的应酬之作，艺林轩遂以人民币 3 万元售出等等。在岭南的博物馆，凡是经他征集的作品大多在背后有着一段动人的故事和传奇经历。记得在二十世纪八十年代，《南方日报》还专门以题为《好犀利的一双眼睛——记书画鉴定家苏庚春》的文章，对苏先生进行了专门报道，使其大名远扬。

对于博物馆征集藏品，苏先生常常告诫我们，一定要有前瞻性。比如一些美术史上的小名家，作品传世不多，但艺术水平精湛，这类作品也要适当征集，也许将来随着研究的深入，他们将成为填补美术史空白的重要佐证。还有就是当代的一些艺术造诣高超的画家作品也要适当征集。这些作品若干年后就是重要的文物。在苏先生所处的"当代"，他便利用其广泛的社会关系，为博物馆收藏了诸如潘天寿、傅抱石、谢稚柳、李可染、刘海粟、朱屺瞻、黎雄才、关山月、唐云等人佳作。事实上，当时并不被以收藏古书画为主的文博界所看好的当代名家作品，现在已然成为博物馆、美术馆的新宠，而且价格不菲。目前广东的博物馆收藏此类作品极多，这是和苏先生的远见卓识分不开的。

正是因为苏先生这种独到的鉴定实力与高瞻远瞩的眼界，使得僻居岭海一角的广东的博物馆能成为继故宫博物院、上海博物馆、南京博物院、辽宁省博物馆、天津艺术博物馆之后的中国书画收藏大馆，尤其明清以来的书画作品，无论质量还是数量，均在省级博物馆中位居前列。

人们常常将精鉴书画之人称为"法眼"，明代的书画鉴藏家华夏就有"江东巨眼"之称。以"法眼"而称苏庚春先生，当是绰绰有余的。

朱万章
二〇一五年十一月十五日
时寓京城之景山小筑

关于先师韩慎先

我的书画鉴定生涯是与先师韩慎先分不开的。

韩慎先①，原名德寿，号夏山楼主。其父曾做清末宫廷小吏，喜爱文物，韩幼时即随父游览于厂肆，当时尚蓄一小辫，故有人称"韩小辫"。他居长，人官称为"韩大爷"。他博学多能，除对书画精通外，尚能识别瓷、铜、玉砚等项，对诗文、书法也自有独到之处。在京剧方面，嗓音极好，专攻老生，有余派（叔言）韵味。自己又会拉胡琴，晚年天津名票多拜于门下。如果说是夏山楼主的学生，

---

① 关于韩慎先详细资料，可参见王子言《关于夏山楼主》，载《艺林丛录》第九编，商务印书馆香港分馆1973年9月版。

就会走到哪都能吃得开。韩老晚年主要研究书画和教学生。他也抽大烟（鸦片），钱这手来，那手就去，能挣也能花。因而一生没有积蓄，可以说极为清贫，死后还欠下了多人之债（我就是其中的一个）。我与韩老结识，先是由鉴定书画，后来是通过唱戏，他做我的琴师。他说我嗓子好，有"云遮月"之味，一定要比鉴定字画更红，叫我学唱戏，可是经常把我会的戏向他唱过后，他说，全对，也全不对。假如要教我比不会唱的更难。因为这时我已经唱得有自己的一套了（自己的辙），改起来是较为难的，后来我就知难而退了。还是搞我的鉴定字画本行吧。

学习鉴定字画，韩老师告诉我，第一要有好记忆力，如没有好的记忆力，那一定学不会，这是个根本，沾事则忘，那就学不了鉴定；第二要熟悉历史和历代有名的书画家；第三要真假好坏都得要看，有比较才有鉴别。有一天去到韩老师家，房中挂住一幅郑板桥墨竹，他说郑板桥是用画法写书，字体中有的像竹枝和兰叶，画竹的特点是竹叶比竹枝要宽，每一幅单看是"个"字，整看也是"个"字；画石头不点苔。书体叫"乱石铺街"，他的署名"燮"字从"火"多数是真，从"又"字多数是伪。一天就让学这么多，以后要学，每学一"招"要付十元。钱我不要，凑多了咱们拿这钱去吃饭，这样你会印象深，能记住。我原住北京，每个月有时去天津两次或一次，每次去了都会学个一两"招"。这样时间长了，又通过自己在实践中有所领悟，慢慢也就积累了些这方面的知识，现在就把所知道的有关书画方面的"招"数记录下来，因为是随想随记，故可能很为杂乱无章的。

陈容与画龙①

陈容，字公储，号所翁，福建长乐人，南宋端平二年（1235）进士，曾做过福建莆田太守，是当时享有盛名的一位画龙能手。据画史记载，他画龙"深得变化之意，泼墨成云，噀水成雾，或全体，或一臂一首，隐约而不可名状者，皆得妙似"。

龙，古人把它看作是一种神物，四灵之一，能够通灵变化，忽隐忽现，腾云驾雾，行云布雨。历代帝王往往以

---

① 关于陈容画龙的深入研究，可参见朱万章《销夏与清玩——以书画鉴藏史为中心》，145–164页，浙江大学出版社，2014年。

龙来象征自己。龙既然作为一种神物，也就没有真实的形象依据，因此历代画家只是凭着神话传说来塑造其形态。随着龙的概念的变化发展，各时代龙的形象也有所不同，汉唐时期多呈兽形，宋以后渐变为蛇形。

陈容的作品真迹，流传下来的并不多，清内府旧藏有《九龙图》卷、《六龙图》卷、《霖雨图》轴等，其中《九龙图》卷，恐是元人摹本，现存美国波士顿博物馆，《霖雨图》轴和另一件《墨龙图》卷，现藏北京故宫博物院，广东省博物馆藏有一件《云龙图》轴①。

广东省博物馆所藏《云龙图》为陈容存世真迹中之精品，绢质和色泽均较完好，系用两幅绢拼成，纵20.5厘米、横131厘米，是陈容传世的巨幅杰作。画面描绘一条飞龙腾跃云天之际，龙的姿态盘旋矫健，须目眦张，爪痕奋攫，云气缭绕全身，躯尾时隐时现，真有凌驾于九重天外的磅礴气势。画家用粗劲的线条勾画出龙的轮廓，以浓淡墨色晕染其主要部位，使龙的形象清晰突出。笼罩其身

---

① 据《中国古代书画图目（索引）》（文物出版社，2001年）载，中国美术馆尚藏有一件《云龙图》。

的云雾，施以淋漓的水墨，运笔迅捷，不露笔痕，迷蒙弥漫的景象逼真。几笔渴墨扫出的漩涡，形象地表达了飞龙腾起时的劲疾风势，有力地烘托了龙行云布雨的神力。画家运用这些笔墨，似乎信手涂抹，实则经过深思熟虑，如清代葛金烺所说："所翁写龙，全龙在胸，蒙以云气于云势开阖中，露腾攫盘旋之态，干湿互用，虚实相生，象物之法，无施不宜。"①

　　该图右下有作者自题三字诗一首："扶河汉，触华嵩。普厥施，收成功。骑元气，游太空"，款署"所翁作"，钤朱文方印"所翁"、朱文圆印"雷电室"和朱白文相间印"九渊之珍"。题诗可谓画意的题解，画家绘龙，是要表现龙叱咤风云、势震山河的雄壮意气，赞美龙布雨九土、施恩于民的德泽，以此来比喻大丈夫的事业。元虞集《道园学古录》题陈容《二龙图》一段文字，也表达了相同意思，题云："君子受民社之寄，岂以弄戏笔墨为能事哉！其必有托兴者矣。吾闻君子之治斯民也，作而新之，如震斯惊，时而化之，如泽斯溥，于以致雷雨满盈之功，于以成天地

_____

　　①　葛金烺《爱日吟庐书画续录》，清刻本。

变化之造。是故勇以发至仁之心，诚以通至神之迹，则善体物者矣。欲观龙之所以为龙，陈侯之所以妙，诚以此求之也乎。"相互印证这些论述，对我们了解陈容画龙的创作意图是有帮助的。

关于高克恭

  高克恭（1248—1310），字彦敬，号房山，其先西域人，后籍大同（今山西大同），家居燕京（今北京），南宋德祐元年（1275），在京师贡补工部令史，元大德八年（1304）改刑部侍郎，擢尚书，秩满后，寓武林（今浙江杭州），不求仕宦，从事于绘画。擅长山水，兼工画墨竹，情趣不减文同，尝写竹自题曰："子昂写竹，神而不似，仲宾写竹，似而不神，其神而似者，吾之两此君也。"其自负如此。其山水初学"二米"，后用董、巨法，造诣颇精，然不轻于着笔，遇酒兴发，或好友前，则取缣楮，研墨挥毫，乘快为之，淋漓尽致，不可端倪，为时第一。与其同时的画家赵雍，极推重之。元代画家柳贯说初用"二米"法写林峦烟雨，晚更出入董北苑，故为一代奇作。明董其昌谓"房山虽学米氏父子，乃迄宗吾家北苑，而降格为墨戏者"。清恽寿平云"米家画法至房山而始备"。从存世的画迹《云横秀岭》《秋山暮霭》等图来看，克恭确乎不仅不局限于米氏，而是远宗北苑，取法自然，能不囿于陈法。其雄浑高华之处，米氏亦难企及，故虽继承，实则更有发展，自具家数。据董其昌说，世间传米画，有些是属于被挖去了高氏题款的作品，因而高克恭的作品也就罕存于世了。其作品现藏于故宫博物院的一幅《墨竹坡石图》，是高克恭的一件真迹作品，广东省博物馆在1970年发现高氏一件《云山烟树圈卷》，此卷曾经书画鉴定家认为是明代初期的作品，但也有人认为是高氏的真迹，原因是该卷可能是一分成二，前半段失掉或裁为两件，前半段或会有高氏题识，而此段的款识字迹潦草显然为后人所添，但卷尾的李衍题字看不出是伪作，今特把它提供出来，以备鉴考。

林良花鸟画风

在一千多年以前的南北朝时期，已经有许多擅长于禽虫花草的画家。到了隋唐五代时期，花鸟画就逐渐达到了成熟的阶段，并且在风格、技巧上有着很大的发展和变化。大体来看，五代、两宋的早期画家，多是从精密观察、忠实于写生而来，后来被称为"工笔画派"；元、明两代的花鸟画家，在继承前人传统的基础上加以创新，形成了以简练、富有高度概括性为特色的写意画，被称为"写意画派"，当时不少花鸟画家，在题材上突破了前人的窠臼，从而使花鸟画的内容、风格以及表现手法都更加丰富多彩，尤其以水墨写意画为著。

早期较为突出的花鸟画家，当属五代时期西蜀的黄筌和南唐的徐熙。他俩在花鸟画上的创造可谓并驾齐驱，各有千秋，成为我国古代花鸟画中的两个主要流派，即所谓"徐黄二体"。黄筌的花鸟画技法，是先用极细的墨线勾出轮廓，然后填彩，这就是所谓"钩勒法"。他运用在作品上的色彩，多数是非常浓重、艳丽的，这主要是因为黄筌所接触的都是宫廷里贵族豪华的景象，因此有"黄家富贵"之称。所谓富贵，就是指富丽工巧，以颜色胜的特点。这种"黄体"的花鸟画法，以后被宋代作为国立画院的一种程式。徐熙的花鸟画技法，是先用墨笔勾出物体形象，然后略施色彩，这种画法是以线条墨色为主，设色渲染为辅，并且讲究墨色与彩色的互相结合，不使墨色为彩色所掩。这种注重墨法而轻于色彩的"徐体"画风，到了其孙子徐崇嗣的时候，由于受黄筌画派的影响，便发生了变化。他发明了花鸟画法中的"没骨法"。这种没骨法，就是不用墨色来勾勒物景的骨干和轮廓，而是直接用彩色来绘制。徐熙绘画的风格特点，是"朴素自然"，他描绘的花鸟，多是生活在大自然中毫无装饰的具有本来面目的生物，充满秀美活泼的生气，因此有"徐熙野逸"之说。所谓野逸，也就是上面所说朴素自然、以墨彩胜的一种风格。到了南宋时期，有一个和尚名叫牧溪，他的水墨花鸟画是当时的一种新倾向。到了元代，出现了几位著名的花鸟画家如陈琳、钱选、王渊等，他们的绘画技法，都可谓承前启后。

明代花鸟画家林良的绘画渊源除了承前启后外，主要是受黄筌、徐熙画派的影响，并兼收两家之长，并有所创新。从现在所流传的画迹来看，还是受徐熙画风影响的居多。

林良，字以善，广东南海人，生于明永乐十四年（1416），卒于成化十六年（1480）[1]，年六十五岁。他以擅长绘画在天顺时供奉内廷直仁智殿，官锦衣指挥。他和同时著名花鸟画家——浙江人吕纪同享盛名于画院，当时有"林良吕纪，天下无比"之誉，又有"林良翎毛，夏昶竹，岳正葡萄，计礼菊"的谚语。

与林良先后享名的岭南画家，刘鉴以松、钟学以春草、

---

[1] 苏先生此文作于1980年3月，随着新资料的不断发现，原来林良的生卒年已被学界所否定。一般认为林良约生于明宣德元年（1426），卒在弘治八年（1495）后较为接近事实，而供奉仁智殿的时间也当为弘治年间。相关资料可参看朱万章《明清花鸟画的嬗变与演进》，文载香港中文大学文物馆、广东省博物馆编《明清花鸟画》，2001年8月出版。

陈瑞以驴、何浩以松著，但皆不及良名之盛。

据说当时有个身为布政使的人，名叫陈金，他曾假人的名画，林良从旁指出其画的疵劣，陈金大为恼怒而欲挞之，后林良便主动临写了一幅，陈看后惊以为神，自此林良在民间的声誉就传开了。与林良同时期的一个文士名叫何经，他自称是个赋诗敏捷的人，但一日与林良剧饮唱和，而林良顷刻就作了诗百篇。于是林良的名声，也就更为彰显。这说明林良不仅是位画家，而且还是一个诗文家。

林良少年时从同乡的颜宗学山水，从何寅学人物，后则专攻花鸟。他善于描绘禽鸟飞鸣饮啄等不同的姿态，长于画江湖田野的雁、鹰、鹤以及其他水鸟和汀花、蒲苇、水草等。他能放笔纵横，如意挥写，不求工而见工于笔墨之外，粗笔、浓墨，下笔痛快淋漓，纵横驰骋，不拘绳墨，而多得真趣。所写禽鸟有动、静之态，尤其是画鸟之羽毛，层次分明，笔笔准确，每在羽毛之间，露出空白，表现出羽毛的丰满和羽翼的生动。画林木犹如草书之遒劲，并能写出植物枯、茂之情。绘山石则用大斧劈皴，有刚劲矫健之势，这是吸收了南宋马远、夏圭之遗韵。他的画艺为明至清代的"院体派"以及"浙派"的一些花鸟画家——特别是广东的著名画家如张穆、伍瑞隆、赵廷璧和晚期及近代的居廉、高剑父等都受到他的画法的影响。

明清两代对林良的作品，亦有高度的审评和赞许，例如广东番禺的屈翁山（大均）云："林良画祖黄筌、边景昭，而枯荣之态、飞动之致似过之。章皇帝尝召良为待诏，一时画苑称雄"①。清代韩珠船（荣光）谓："谁能作画如作草，骤雨驰风笔苍老。岭南画史林指挥，断楮残缣此争宝"（见《黄花集》）。清代画家谢里甫（兰生）也曾题其画云："不工书而能画者鲜矣。画鉴称林以善作鸟皆遒劲如草书，人莫能及，此幅败荷数叶皆有颠张醉素意致。"（见《常惺惺斋书画题跋》）以上几家评语，对林良可谓是推崇备至。

从林良的传世画迹中可看出他的基本画风。

《秋树聚禽图》（广州美术馆藏）为淡设色，画面上六只不同神态的老鸦，似乎正当日中午，五只眠睡，另一只睡眼蒙胧。尚有三只麻雀也同时陪伴左右。一棵粗壮的秋叶树，两竿修竹，画家巧妙地运用浓淡不同的墨色来分别

① 清·屈大均《广东新语》之《艺语》，中华书局，1985年。

远近，表现出它们的空间距离，起到了互相映衬的效果，显得丰富而多变化。作者苍劲豪放的笔调、明丽润雅的色彩、劲健而俊挺的笔墨，均富有生气，给人以愉快的美感。此画可称得上"真、精、新"的杰作。

《飞雁图》（北京故宫博物院藏）则以简练洒脱的笔墨写出了芦雁飞翔的特有情态，表露出一派蓬勃旺盛的生机。《双鹰图》（广东省博物馆藏）描写两只苍鹰立于怪石之上，一鹰昂立拳一爪，眼睛直射云中之物；一鹰注目俯视深崖，高耸双肩，气势奇矫，古松枯藤，轻飘落叶，风声呜呜云渺渺。整个画面气魄雄伟奔放，笔势泼辣淋漓，画出了寒天萧瑟的静穆景色。《松鹤图》（广东省博物馆藏）却又是另一番景象：和煦的阳光下，两只瑞鹤，一只仰首若有所望，一只用嘴正在挠痒，苍松、翠竹、幽草相互映衬，有微风吹动之势。全图运笔精熟，形态生动，表现了松鹤长春的景象。《山茶白羽图》（上海博物馆藏）的运笔着色却极为纤丽，这可能就是继承黄筌一派的"富丽工巧"吧。所作花鸟，笔墨劲秀，深得物象的神貌。坡石的皴法接近马远、夏圭画派，构图谨严工整，应该说是林氏绘画中的罕有佳作。

当然，林良的其他作品还有很多。以上仅是把不同题材的五幅佳作粗略地加以描述。通过这些作品，相信是可以窥见林良绘画艺术的一个大致面貌，从而使广大的美术和文物爱好者得以观摩欣赏。如果能因此给大家提供一些可资借鉴和参考研究的资料，那自然是莫大的宽慰。

边文进与《雪梅双鹤图》

花鸟画在早期之时，多是装饰点缀的点景，未成为专门的画科，到了唐代末期，纯供欣赏的花鸟画已逐渐得到人们的重视和喜爱，因此花鸟画就在点景的基础上，发展为独立的一种画科。五代时候，花鸟画极为盛行，趋于成熟。当时的著名画家徐熙、黄筌，他们分为两大画派，成为北宋时期花鸟画的典范，并影响于后世。黄筌一派，善用重色，气象华贵，他的画技采用先以淡墨勾勒轮廓线条，再用色彩填染，为"双钩填彩"法。徐熙则用水墨淡彩，先用墨写出花卉的枝叶花萼，然后着色，墨迹不为彩色所掩。两派的风格恰成对比，故有"黄家富贵""徐熙野逸"之称。

花鸟画到了明代的初期，它的画风是追踵北宋画院，"黄家富贵"一派的工丽勾勒画法，边文进《雪梅双鹤图》轴可以说是这一派画风的代表作品。边文进，字景昭，福建沙县人。明永乐间（1403—1424）应召至京师为英武殿待诏，与当时同在宫廷的画家赵廉、蒋子成，被称为"禁中三绝"。据记载上说，边文进在花鸟画方面可称宋元之后的第一人，也是明代画院派花鸟画之首领。他的特点是，趋向于"畅快、简易"，以设色法来说，他比起宋院画就显得清淡多了。后人给予他的评论是，"勾勒有笔，用墨更宜"。《雪梅双鹤图》可以充分反映出他的这一特点。此图，纵156厘米，横91厘米，绢本，设色，款识"待诏边景昭写雪梅双鹤图"，印章三方，一为朱文"边氏文进"方印，一为白文"怡情动植"方印，一方模糊不可辨。全图所写为岁寒之景，上端一枝斜偃着娇妍的红梅，下边陪衬着怒放的山茶与石坡上的绿竹、花草，互相呼应，一双瑞鹤披着雪白的羽毛，蓬蓬茸茸的，呼之欲出，很有立体感，一只仰首在天外呼叫，一只悠然地弯着头用嘴拨动羽毛，好像是在挠痒。景物中有动有静，有声有色，写出了真实生动的效果。整个画面尽管寒意盎然，但红梅、山茶又仿佛告诉人们，春天就要到来了。图中运笔细腻流畅、纯熟而又富有变化，用不同的笔法和不同的色彩表现出它们不同的形态和质感，确是一幅极为生动的艺术作品。

龚贤的画风

"金陵派"是以龚贤为首,与当时的画家樊圻、邹喆、吴宏、叶欣、胡慥、谢荪、高岑七家为"金陵八家"。他们多写南京一带的山林景色,所画并不都是相同,唯其同处金陵,故有八家之称。

八家之中成就较大要推龚贤,一名岂贤,字半千,号野遗、半亩、柴丈人,江苏昆山人,寓居南京清凉山扫叶楼。善画山水,取法董源、巨然。从山水画的创作上能够认识到艺术与现实的辩证关系,艺术来源于现实但又高于现实,还提出了"奇"与"安"、"幻境"与"实境"的关系,说:"任何塑造成功的真实生动的艺术形象都是'奇而安'的形象,既是'幻境',又是'实境'的形象,'奇'

与'安'相统一,'幻境'与'实境'相统一的形象。"龚贤在其时代中能有此见解,可说是很高明的。龚贤画山水的特点是在用墨上。在清初"四王"派系的画家中,多是仿效元代的黄公望、倪云林,那种被称之为"天真幽淡""枯笔淡墨"的作风。而龚贤则是相反,使用浑厚、苍秀的墨法,表现出江南大自然的丰饶与明丽,因此,形成了自己所特有的一种风格。不大适用古法中称之为"泼墨"的技法(即利用水墨在生纸上一次渗透所得的效果),而是运用宋人的"积墨"法。所画的山石树木是经多次的皴擦渲染,墨色极为浓重。这种"积墨"法,在浓重中又有着明暗细粗的变化。因此,真实地表现了山川"浑厚"与"苍秀"的效果。画的树有"烟林、雨林、晴林、朝林"之分,各按不同自然状况加以表现,有皴染多至数次,直至显得烟翠欲滴而止。著有《半千课徒画说》《画诀》二书传于世,其作品有《仿董巨山水》一幅,较为精作。

吴历的"山林气"

吴历（1632—1718），原名启历，字渔山，号墨井道人，江苏常熟人，相传所居住的地方，是孔子弟子子游的故居，室内有井一口，人称"言公井"，水色似有墨色，故以为号。幼年时曾学画于王鉴、王时敏，后入天主教。曾去澳门学习"教学"，后在嘉定、上海等地传教。擅长山水画，精研宋元各家技法，对元代王蒙尤具心得。其中年之作，丘壑层迭，笔墨谨严，有苍润之气，自澳门归后，画风一变，构图出自新意，多用枯笔焦墨，气韵沈郁，格调拙朴雄浑。曾有人评论山水画时说，有庙堂气、市井气、山林气、书卷气之分，有庙堂气则堂皇华贵，有市井气则妩媚浓丽，有山林气则浑厚苍郁，有书卷气则清疏秀逸。

吴渔山的画可以说是属于具有山林气的一种格调。古人这样来品评山水画作品，在当时是有其一定见解的。"山林气"的画，显示着傲世兀立，不俯仰于权势的气度，在品格上可谓是高的。渔山不仅是个出色的山水画家，而且在诗文上也有相当的成就。曾向理学家陈确庵学科举文，向钱牧斋学诗，向陈岷学琴，其诗与琴都学得很精到。又工书法，学苏东坡，并有《墨井画跋》《墨井诗钞》《三巴集》等著作传世。广东省博物馆藏有其作品《春山高隐图》，是仿赵鸥波的，很为别致。

说说"丹徒派"

清代中晚时期的"丹徒派"是以张崟、顾鹤庆为首。他们的主要特点是，学明代四家的画法，专写镇江一带春夏的风景，笔墨清劲秀丽，山林茂密。张崟擅长画松，顾鹤庆擅长画柳，故当时有"张松顾柳"之称。属于这一派的有名画家，尚有潘恭寿、潘思牧、潘圭、潘岐、唐耀卿、张深、周序培、周镐、明俭、袁澄等人。

张崟（1761—1829），字宝岩，号夕庵，丹徒人，张自坤之子。擅长花卉、竹石、佛像，尤善画山水。宗法文、沈，得其苍秀浑厚之气，后又进法宋元大家，广搜博采。有时在家闭门摹写，经月不出，遇山水赏心处，又或累月不归，其风趣如此。其作品流传较多，《银树老屋图》是其精品之作。

顾鹤庆（1766—约1830），字子馀，丹徒人。能诗，善书，工山水，有"三绝"之称，尤善画柳。与吴朴庄、应地山、鲍楚云、张寄槎、钱鹤山、王柳村为"京江七子"。

潘恭寿（1741—1794），字慎夫，号莲巢，丹徒人。能诗，善画，少学山水，早无师承，王梦楼以书法用笔之道授之，其画日进。后王蓬心见其画叹异之，因授以"宿雨初晓烟未泮"八字真言，又取古迹给朝夕临仿，所作更大进。其画山水，规模文氏，花卉取法瓯香，佛像又出于丁南羽、吴文中之间，所作皆能秀韵有致，并由王梦楼题识或署款，因有"潘画王题"之称。其作品有《深云庵探梅图》。

潘思牧（1756—约1839），字樵侣，丹徒人，恭寿弟。善画山水，远宗大痴，近法香光，笔沉着而墨苍润，其画品不在兄下。

潘岐，字荇池，号小莲，丹徒人，恭寿子。工山水、花卉，傅色明雅，能传家学。

潘圭，字镇卿，丹徒人。善画山水，尤擅长画米氏云烟之景。

唐耀卿，丹徒人。善写生，与潘莲巢友善，故其画笔颇能相似。

张深，字叔渊，号茶农，丹徒人，张崟子。画传家学，初写花卉，气味静穆，逼真南田。嘉庆庚午举乡闱第一。入都馆藩邸十余年，画名益著，尤工山水，有《华阴》长卷，为其平生杰作。

周序培，字殷士，号窳生，丹徒人。善画山水、人物、花鸟，整密秀润，不袭前人，独开生面。

周镐，字子京，丹徒人。善画山水，得张夕庵之传。

周京，字寄林，号二木居士，丹徒人。工写兰竹。

明俭（僧），俗姓王，字智勤，号几谷，丹徒人。少年时出家小九华山，能诗，善书，摹晋人法帖，尤工山水，出入荆关马夏，运笔如风，清俊秀雅，与海昌六舟和尚友善，常共客黄岩总镇汤雨生处，偕游雁荡，绘有《雁山双锡图》乃其佳作，传于代。

袁澄，字清甫，丹徒人。工山水，学于周子京，笔法甚为苍厚。

画史两"髡残"

髡残（1612—1673），字介丘，号石溪、白秃、石道人、残道者、电住道人等，湖南武陵（今常德）人。自幼出家为僧，广游名山，后住南京牛首寺。善画山水，长于干笔皴擦，墨气沈着，能写出山川郁茂苍莽的景象。与原济齐名，世称"二石"。据说住在南京清凉山时，曾写过一幅画，自题四年才画成，观察山云的出没，看一笔，画一笔，这足能说明不像当时的"四王"一些人那样，专门去临古，而是掌握自然的变化，写出真实的景色。其作品有《水阁观书图》，现藏于广东省博物馆。

在清初"四僧"之一的髡残之外，在清代中期亦有另一画僧髡残。此髡残为明明和尚，俗姓艾，字髡残，一字石船，上元人。初为羽流，晚岁始祝发，居不二庵，即龚半千半亩园故宅，工山水、人物、花卉，曾作菊花百种，对花照写，各极形似，有印曰"白头皈佛一生心"，汤雨生最重之，圆寂后，雨生挽一联曰："出了家，成了艺，传了名；安得心，撒了手，瞑得目。"

朱耷"白眼向人"和"法自我立"的原济

　　朱耷（1626—约1705年），明宁王朱权后裔，家世居江西南昌。明亡后，落发为僧，后又当道士。一生很多别号，有雪个、个山驴、人屋，又有朱道朗、良月、破云樵者、八大山人等字号。还有"个相如吃""三月十九"印章。在南昌建造"青云谱"道院。把主要精力寄于绘画方面，善画鱼、鸟、山水、杂画。画的鱼、鸟，着笔不多，形象夸张，有"白眼向人"的姿态。写山水，荒凉寂寞，杳无人烟，署款"八大山人"，写成"哭之笑之"的样子，都富有深意。其绘画特点是，不拘陈规，用笔落墨都具有独特风格。并工书法，能诗文。据说在书画艺术方面成名较晚，在五十五岁后，才开始使用"八大山人"这个别号。

七十岁后，"八"字是用两点来表示。其书法喜使用钝的笔锋，均匀的笔法，创造了个人的风格。对清代直至近代的水墨写意画，影响都是很大的。作品传世较多，广东省博物馆藏其《眠鸭图》。

原济（1642—1708），本姓朱，名若极，明藩靖王后裔，居广西桂林。依托太监存活。传说十一岁时即削发为僧，此后即钻研书画。法名原济，字石涛，号苦瓜和尚、大涤子、清湘老人等。早岁居无定处，屡游安徽敬亭山、黄山，中年住南京，去过北京，晚年居扬州，饱游名山大川，对自然感受很深，主张画山水应"脱胎于山川""搜尽奇峰打草稿"，并撷取传统精华，提倡"法自我立"，笔墨当随时代。其所作绘画特点是，写山水、花果、人物，笔墨雄奇纵姿，构图新颖善变，意境苍郁，景象蓬勃，富有艺术感染力，能敢于突破清代所谓的"正统"画派，自成崭新独特的面貌，其画风，对以后的"扬州八家"和近代中国画，都起到了一定的启发和影响。并兼工书法和诗文，著有《苦瓜和尚画语录》及后人所辑《大涤子题画诗跋》等。

恽氏闺阁画家

武进恽氏，多闺阁画家，计有：恽冰，字清如，号浩如，一字兰陵女史，恽寿平族曾孙女。善画花果，得其族曾祖之法，用粉精纯，花朵灿灼，作尾，多题小诗，名著吴中；恽珠，字珍浦，号星联，晚号蓉湖道人，恽冰侄女，性颖慧，通毛诗，十岁工诗，十三岁工绣，从族姑清如女士学画，花卉得其指授；恽璠，恽珠从妹，亦善写生，传其家法；恽怀娥，号纫兰，恽寿平裔孙女，适宛平曹氏，画花卉精雅，着色鲜润，一本家法，绘桃子如生；恽怀英，亦号兰陵女史，恽怀娥妹，适吕氏，花鸟秀雅，尤长墨菊，书法亦娟好，夫没京邸，守志抚孤，卖画自给。

张宗苍门庭多画师

清代宫廷画家中以山水见长者以张宗苍为著。张宗苍，字默存，一字墨岑，号篁村，晚称瘦竹，吴县人。山水出黄尊古之门，用笔沈着，山石皴法，多以干笔积累，林木则用淡墨干擦，神气颇觉葱郁可观。乾隆辛未年，高宗南巡，以《吴中十六景画册》进呈称旨，命入都祗候内廷。其作品传世是较多的，《飞阁流泉图》是其精品之作。尤为特别的是，张宗苍门庭之类多画师，其子侄、弟子分别有：

王炳，工山水，受业于张宗苍之门。

丘庭澍，字孟直，号雪兰，长洲人。乾隆壬午（1762）孝廉。工山水，落笔纵横洒拓；丘庭溶，一作庭潾，字鸿章，号静堂，长洲人。丘庭澍昆季均为张宗苍弟子，能诗，工书，善画山水，意气苍浑。

罗克昭，字冶亭，休宁人，居扬州。张宗苍弟子，工山水，善用焦墨，沈郁苍秀。

张述渠，字筠谷，吴县人。张宗苍从子，画山水，笔意老秀，不失家风。

张洽，字月川，号青葂古渔，吴县人。张宗苍从子，善画山水，得其叔墨岑法，笔意秀逸幽间，曾作有《嵩山图》，为平生最得意之笔。或问以画法曰："细画粗收拾，粗画细收拾，此吾诀吧。"又询用何笔，曰："软纸用硬笔，硬纸用软笔。"广东省博物馆藏有《雅宣山斋图》。

闵世昌，字凤见，江南通州人。工山水、人物，张宗苍从婿，宗苍欲荐入画院，凤见不愿，以画进，数应举不第，遂隐居，作画以自娱。

印章发展概略

书画鉴定中，印章是重要的辅助依据之一。要了解印章的奥秘，必先了解其发展历史。

我国印章的发展有悠久的历史，据目前可靠的材料来看，远在三千七百年前的殷代便盛行了刻字（甲骨文，是在龟甲和兽骨上刻文字记录生活所用，笔画尖锐锋利，结构秀劲简古），由是掀起了治印的开端。到了周代，以青铜质为主的印章（那时印章称玺，多写作"鉨"，现在把这类印章称为"古玺"）在上面刻铸的文字是那时应用的"籀书"（籀书，又名大篆，周代周宣王时的大臣太史籀看到古文字过于简单、数目太少不便应用，于是把它加以整理，并增加了一些，便成了"籀书"），和周代青铜器以及石鼓文上的文字基本相似。古玺大小、各种形状都有，大者二三寸，小者二三分，有白文、朱文两种。

秦代是由"籀书"演变为"秦篆"（即篆书）的时期，印文多为"篆书"（篆书，又名小篆，是当时晚周时期文字现象混乱，诸侯列国各自创立文字，互不相通，秦始皇统一天下后，命其大臣李斯根据当时的文字加以整理创成了小篆。现在所见秦代的钟、鼎、泉币、度量衡、碑版、刻石、瓦当等文字多为小篆），对印章的名称也不一致，帝王称之为"玺"，大臣以致平民称之为"印"，因此印的名称是从秦代开始的。

秦印常见的大致有三种：第一种尺寸较大（皆白文），带有田字边框，或双田字边框，官私印都有；第二种印尺寸较小（约三公分），印文朱白均有，以朱文居多，有的近似"籀书"，也有篆隶的，多为周末秦初在秦代文字未统一前的"私印"，故名"周秦小玺"；第三种为长方形，白文居多，带有日字边框，叫"半通印"，还有的是圆形印、椭圆印，个别也有朱文的。

汉代印章达到灿烂兴盛时期，以白文居多，由小篆演变为"缪篆"（又名摹印篆、汉篆。还有一说，缪篆是当时一种刻印章用的书体；又解释"缪"字的意思说，"一曰绸缪也"，绸缪就是纠缠或束缚重叠，像根绳子缠绕在一起。但在汉印中所见到的篆体多是平直方正，与绸缪意思不大合），篆法平直方整近似隶书，浑厚多姿，外拙内巧，富饶情趣。还有一种是"急就章"，多半是军用官印。当时来不及从容制作，由专业工人刊凿速成。这种印章的刀痕明显，笔迹锋利，不加修饰，歪歪斜斜，别具风趣。

汉代的"私印"种类较多，从印文制作来看，有白文、朱文、朱、白文相间、回文等；从形式来看，有一面印、两面印、多面印、母子套印、巨印等；从字意来看，有姓名印、别号印、吉语印等。

后人这样评论秦汉印，"刻印，其篆刻别具天趣胜人者，惟秦汉人。秦汉人有过人处，全在不蠹，胆敢独造，故能超出千古……"

魏晋六朝时代继承发展了秦汉印的优良传统，并发展了多字印（一般所指之汉印是连六朝印也包括在内的）。

封泥印是印章的副产物，自从有了印章，封泥便应运而生。因为古时的印泥没有现在所用的红色油质印泥，而是用胶质的泥土来盖印，用在封缄上，和现在的火漆相似。

因为泥质坚固，传流到现在还不坏，可以用墨拓下来，作为考证学习之用。盖封泥用的印章多半是白文，印成封泥后，便翻白成朱，笔划更加清秀圆润，边沿的式样也是自然形成的。使整体古朴别致，别开生面，增加了印章的浓厚趣味，为刻印章提供了重要的学习材料。

隋唐印章由于执政者主张用大印，有的官印面积将近四寸之大，全用朱文，随意将印文弯曲折叠，大兴所谓"九叠文"（又名上方大篆），这种九叠文有的把字形改变，是极为难识的。

宋元以来，继承了前代的发展，印章又逐渐为贵族和士大夫所重视，把刻印也列为艺术的一门，如宋代皇帝书画家赵佶（宋徽宗）在提倡书画方面还编辑了《宣和印史（谱）》，在艺林传为盛事。特别是在这一时期，无论书画家、文学家、收藏家等多把印章以及花押印、收藏印、斋馆印等用在文艺作品上。自此以后，印章的用途，也就开始由实用走向艺术的道路。

自有印以来，做印章的材料多是些硬度相当高的金属品（如铜、金、银、玉石、象牙、兽角等），并由专业的刻工来刻铸。这样一直延续到十六世纪中叶，基本上没有多大的改变。后来到了十八世纪，金石学盛行，和铜器、碑版、玺印的搜辑、传播才很快在文人中促成了篆刻艺术的高潮。更要提出的是元末画家王冕（字元章）创用青田花乳石自刻印章后，文人才开始完全脱离了与专业刻工的合作。随后，研究篆刻的文人纷纷向王冕学习，以脆柔、细腻的花乳石代替了涩坚难刻的硬质印章，有利于篆刻艺术的迅速发展，这是有史以来很大的变革。

明清时代，篆刻艺术更为兴盛，派别众多，名家辈出，艺术家们发挥了高度的智慧才能。如江南的文彭（字寿承，号三桥，文徵明之子），他的学生何震（字主臣，号雪渔），他们的治印得六朝苍劲古朴之气，二人的篆刻优点是：用涩刀来摹仿汉印，在当时的条件下在摹古的基础上力求翻新，并改变了唐宋以来流传的呆板习气，因而开展了篆刻艺术正确发展的道路。

到了十六世纪初期，徽派篆刻家程邃（字穆倩，号垢道人），是个书画家，在篆刻方面探讨汉印，能自见笔意，擅名当代。稍后则有巴慰祖（字隽堂）、胡唐（又名长庚，字子西）、董洵（字企泉，号小池）、王声（字振声）等名家，都是远追秦汉、自出新意的高手，比之何氏又有新的成就。当时有人称赞他们有的作品"秦圆汉方"，神妙已入自然之意，混入印中，使识者莫辨。

浙派治印名家有丁敬（字敬身，号龙泓山人）、黄易（字小松，号秋盦）、奚冈（字铁生，号蒙泉外史）、蒋仁（原名泰，字阶平，号山堂）、陈豫锺（字后仪，号秋堂）、陈鸿寿（字子荣，号曼生）、钱松（字叔盖，号耐青）、赵之琛（字献甫，号次闲）、胡震（字子恐，号鼻山），学习丁敬。

以上诸家除胡震外，世称西泠八家。这八家治印的特点是：刀法古健，韵味翻新，篆刻功力深，秀丽开朗，给人一种清新明快的感觉。

邓派邓石如（1743—1805），初名琰，字顽伯，号完白山人，是异军突起的大篆刻家。他是著名的书法家，写篆隶和六朝碑版都很有功夫。他能把刀法和笔法揉在一起，峻险雄稳，形成篆刻上另外的一种美的风貌。既可以作印章来欣赏，也可以作书法来欣赏。他的学生吴熙载（原名廷飏，字熙载，号让之），其印飘逸生动。此外，有徐三庚（字辛谷，号金罍道人），将邓派篆刻发挥得更加生动、秀丽，有龙飞凤舞之妙。

赵体，赵之谦（1829—1884），字㧑叔，号悲盦，和吴熙载是同时的名家。他的篆刻最初不及吴熙载，后来从汉印、秦权量、泉币（古铜印）、瓦当（汉砖瓦）等方面下了苦功，融会贯通，创立了自己的风格，在艺林中独树一帜。

吴昌硕（1844—1927），原名俊卿，字昌硕，又字仓石，号缶庐，为近代书画家兼金石家。他以金石文字的笔法来写字、作画、治印。其篆刻艺术气魄雄伟，天真浑厚，为近代印林大家。

陈衡恪（1876—1923），字师曾，号槐堂，是继吴昌硕之后的高手。其治印一如其书画，全用中锋，充满金石味，气魄也相当雄厚。

晚清名家王大炘（1869—1924），字冰铁，其治印秀逸生动，广学各家，面目有韵致。

黄宾虹（1865—1955），原名质，字宾虹，后以字行，擅长山水画，精于金石文字考证，富收藏，篆刻出秦入汉，功力极深。

齐白石（1864—1957），原名璜，从三十四岁学刻印，从丁敬、赵之谦、吴昌硕以至秦汉印，经过勤学苦练，把木工凿砍的表现手法融入治印中，刀法大胆泼辣，气魄雄伟。其刀法简练，如写字般，一横一竖都要一次成功。有的用"单刀"一刀刻成，有的用两刀，往返两刀，一次刻成，给人的感觉是用毛笔在纸上挥毫一般，完全是"一挥而就"。

总之，我国印章的发展道路是极其艰巨的。它的成就与古代特别是秦汉两代的工匠胆创独造的精神是分不开的；与历代能继承优良传统、敢于自出新意、创造出多种风格的各派文人篆刻家是分不开的。尤其是篆刻艺术发展到白石老人阶段，展开了更光辉的一页，风格更为多种多样，为新时代的篆刻艺术发展，奠定了良好的基础。

记鉴定端砚

1974 年 5 月 15、16 两天，肇庆端砚厂老工人蔡九师傅来广州之便，由市博物馆曾土金等同志陪同鉴定我馆所藏端砚。我有机会参加了这次的学习，在鉴定过程中，简记概况。现从记录里将有关石质和坑、岩等的特征，同时参阅了《端溪砚史》，为了记述方便，用三字句摘记组成。因限于所属在鉴别中的实物，故不能把端砚全面详述，同时在记录和《砚史》的摘录中定有错漏，因此遗谬之处，尚待识者加以补充修订。

端砚以石质优良著名，产在广东省肇庆（古称端州），早在一千三百多年前（唐代初期）就已开始制造，如唐代诗人刘梦得就有"端州石砚人间重"的诗句来赞美。

端砚的石质，温润细腻，色泽凝重，在书写上，发墨不滞，油润生辉。在制作上，雕刻精致，题材丰富，形象多样。同时有些砚石上刻有前人的铭文，也可为我们提供一些资料。因此，历来是被书画家们视为珍贵的一种工艺用品。

端砚的石疵约有十五种：

如：翡翠纹、黄龙、玉带、玉点、金钱、银线、铁线、水线、麻雀斑、猪鬃眼、油涎光、五采钉、硃砂钉、砂钉、虫蛀。石上带有所述纹饰者，为端石之特点。

端石的石品，大致有九种：

青花、鱼脑冻、蕉叶白、天青、冰纹、火捺、马尾纹、胭脂晕、石眼。石上带有这些色彩者皆为上品。

水岩，亦名老坑。明万历年间开，分四个洞：

大西洞、小西洞、正洞、东洞。

大西洞

分五层。一四五，不足贵。二三层，最为佳。石质细，色儿青。有宝蓝，是木声。惟水线，交错形，不碰手。多青花，大如豆，小如椒。微尘青，蝇头青，蚁脚青，鹅绒青。玫瑰紫，硃砂斑，翡翠点，胭脂晕，蕉叶白，鱼脑冻，比诸岩，完美备。

小西洞

也五层。列上品，属二三。石色青，质细润，不凝结。蕉白处，微带红。有冰纹，胭脂晕。

正洞

层如西。顶石色，青带紫。无青花，有砂眼，并砂气。二层内，青花稀。淡胭脂，眼深碧。三四五，有青花，无玫紫。

东洞

石数层，如大西。顶石乾，无可取。二层色，青花粗。第三层，有蕉白，和鱼脑。四五眼，结眼晕，晴暗黑，略

44

带黄。

坑仔岩（又名康子岩）宋治年间开

不分层，凝成团，猪肝色，一片红。有蕉白，有青花，有碎冻。眼最多，眼色绿。无水线，无天青，无砂钉。

麻子坑，高要县陈麻子开，故名麻子坑。乾隆年间开

比水岩，略青质。石细嫩，眼多晕，大如指。织席纹，缕相续。若击之，似无声。

宋坑开自宋代，故名宋坑。尚有宋公坑者，传为明太监宋某所开，石亦与宋坑相似

石较粗，少润滑。猪肝色，红带紫，有金星。

白线岩，附属大西洞

白线岩

灰红色，多白筋，如粗银。可冒充，冰纹冻。色儿浮，质结实。

梅花坑

质青粗，色发黄。石眼多，方寸大，有数十，眼晕重，不分明。

宣德岩，开于明宣德年间

宣德岩

石深紫，片红润。坚而细，色古老。有蕉白，和火捺，亦有眼。

朝天岩，附属大西洞

朝天岩

石质坚，而不嫩。蕉白燥，而无眼。若扣之，作金声。

大坑头，附属正洞

大坑头

色儿紫，石质薄。蕉叶白，大盈尺。青花处，作长点。

打木棉蕉岩，附属大西洞

（按木棉花结苞如蕉子，俗谓之木棉蕉）

打木棉蕉岩

石微燥。赤横纹，密相间，不离寸。蕉叶白，鱼脑冻，俱细嫩。

白蚁窝岩，附属东洞

白蚁窝岩

石质粗，色紫白，多虫蛀，若蚁窝。

绿石岩

绿端

青绿色，分水旱，水坑者，易发墨。旱坑者，是玩器。带石皮，最为佳。

老岩，附属大西洞

老岩

质细结，色嫩白，似大西。

软石绛岩，附属正洞

软石绛岩

质软滑，色苍白，仔细看，略黄黑。

硬石绛岩

质微硬，下层紫，下层青，带黄黑。

飞鼠岩，附属小西洞

飞鼠岩

石质松，色白灰。青花色，黯又淡，每颗中，有白点。

青点岩，附属小西洞

青点岩

石质细，眼枯薄，多纱纹。

菱角肉岩，附属小西洞

菱角肉岩

石质粗，松不实，色儿白，不够润。有火捺，多散涣。

龙尾青岩，附属小西洞

龙尾青岩

质略粗，色紫白。多绿色，小长点。若扣之，有石声，或金声。

果盒络岩，附属东洞

果盒络岩

石质粗，色黄赤。蕉白内，微带紫。青花粗，且又散。眼紫色，极为松，用指甲，可刮去。

黄蚓矢岩，附属东洞

黄蚓矢岩

石质粗，色儿白。蕉白处，略带紫。多石眼，色深青，睛与晕，不分明。

藤菜花洞，附属东洞

藤菜花洞

石色青，而又晦。多榴仁，多直纹，是红色。

砂皮洞，附属东洞

砂皮洞

青、火捺，均有之。但细腻，略微差。

文殊坑，又名新坑

文殊坑

类老坑。青、火蕉，亦有之。眼金黄，多翠绿，带筋纹。

古塔岩

石细腻，蕉、火、少。有石眼，色淡绿，多层纹，甚明媚。

屏风背，在古塔岩后面

屏风背

石坚滑，嫩有锋。色深紫，如猪肝。

龙爪岩，附属大西洞

龙爪岩

色青白。青花粗。蕉叶白，和鱼脑，较鲜艳。有白筋，多纵横。

七捻根岩，附属小西洞

七捻根岩

石质滑，色儿紫。无青花，有金点。斜视之，可照人。

朝敬岩，附属小西洞

朝敬岩

石质硬，色儿紫，有蛤纹。二层的，多砂钉，其三层，蕉略青，鱼脑冻，似古铜。

阿婆坑，附属东洞

阿婆坑

石质黯，不鲜妍。青花中，带白点，有石眼，如绿豆。

塘窦岩，附属正洞

塘窦岩

石质嫩，色青紫。青花大，蕉白黄。石松浮，不结实，非细看，不能辨。

蟾蜍坑，附属正洞

蟾蜍坑

石细嫩，色青紫，天青内，带黑点。多水线，多砾钉。

锦云坑

色赤黄。多石眼，略黑色。似松木，虎斑纹。故曰名，锦云端。

苏坑，附属大西洞

苏坑

质微硬，色纯青，有青花，蕉叶白，麻雀斑。若扣之，音甚响，作金声。

虎尾坑，附属东洞

虎尾坑

质儿松，色青白。火捺淡。蕉白中，带白点。

蒲田坑，附属正洞

元 · 高克恭 《春云晓霭图轴》
纸本设色 138.1×58.5厘米
北京故宫博物院藏

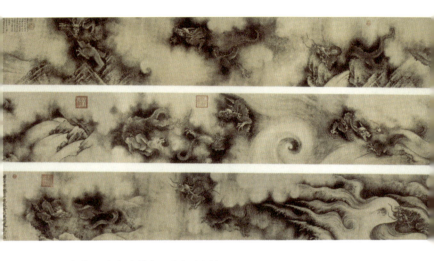

南宋·陈容（传） 《九龙图》
纸本墨笔 1244年 46.3×1096.4厘米
波士顿艺术博物馆藏

明·林良 《秋树聚禽图》
绢本设色 153×77厘米
广州美术馆藏

明·边文进 《雪梅双鹤图》
绢本设色 156×91厘米
广东省博物馆藏

明·仇英 《临溪水阁图》
绢本设色 41.1×33.8厘米
北京故宫博物院藏

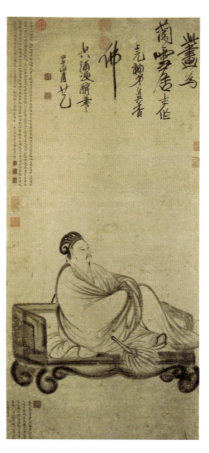

明·张风 《诸葛亮像》
纸本墨笔 228.4×59厘米
台北故宫博物院藏

清·潘恭寿 《兰石图》（王文治题）

纸本墨笔

香港中文大学文物馆藏

清·髡残 《报恩寺图》
日本泉屋博古馆藏

清·朱耷 《眠鸭图》

纸本墨笔 91.4×50厘米

广东省博物馆藏

清·恽冰 《玉洞仙株图》
绢本设色 101.9×46.1厘米
浙江省博物馆藏

清·张宗苍 《仿宋元山水图册》

纸本设色　33×48厘米

无锡博物院藏

清·高其佩指画 《听风图》
广东省博物馆藏

清·顾见龙 《吴伟业像》

纸本设色

南京博物院藏

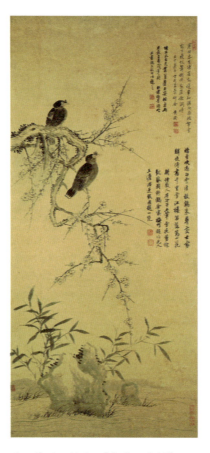

清·黄卫、杨晋 《梅竹双禽图》
纸本墨笔 122.2×55.5厘米
广东省博物馆藏

清·顾洛 《雪藕图》
纸本设色 117×29.8厘米
广东省博物馆藏

清·边寿民 《芦雁图》
纸本设色
广东省博物馆藏

蒲田坑

石粗疏，色紫白。青花暗，黑无光。蕉白燥，少细腻。

黄坑，附属东洞

黄坑

石质细，色儿紫。火捺淡，焰气散。

拱篷，附属大西洞

拱篷

多鱼冻，蕉晕纹，古铜色。

洞仔，附属正洞

洞仔

青带灰，质不结。少石眼。

庙尾，附属东洞。

庙尾

色带紫。眼黄白，如象牙。

张大千绘画的鉴定

有"东方毕加索"之称的张大千先生（1899—1983），是位全能的艺术家。无论在诗文，还是在书画上都可谓是佼佼者。他为人豁达、仗义，善交友，重情感，与他交往过的人，对他的印象，没有说不好的。随着社会的发展，人们文化生活素质的提高，对张大千的作品很多人喜爱，因而他的画名贵了，就有人摹仿他。现在市面上有不少他的伪作。这就要求我们对他的书画要很好地鉴别。鉴别其书画，应掌握如下几个方面：

第一是色调。张大千成名极早，在1926年（丙寅）廿八岁时便已蜚声艺坛。他所用的绘画颜料是比较考究的，一定要选最好的，有的颜料甚至是他和于非闇亲自制造的。

一般说来，色调比较差的，看上去也比较次、又容易脱色的大多是伪品。

其次是纸张。张大千用的纸同样也比较考究，其质量一般较好，较为细腻，有的是仿古的，还有的是自己与厂家合制的，纸内有暗纹"大风堂制"字样。相反，纸质粗糙的多为伪迹。

最后是印章。他用的印章，在卅六、卅七岁即1934（甲戌）、1935（乙亥）年前，多是他自己刻的。在此以后用的印章是方介堪（方岩）、陈巨来所刻。这两人都是上海治印名家（是赵叔孺的学生）。凡变化多样的属方介堪刻，规矩整洁者则为陈巨来制。

另外，张大千署名的"張"字，他将"長"写成"長"。"長"字应是三横，他写成两横。还有他在1934年卅六岁前署名的多是写"張"，以后就改成写此"張"了。

当然，以上所说仅仅是辅助依据，真正要鉴别其画，还得看他的绘画风格。但如果我们掌握了这些特征，对识别张大千作品的真伪就有所帮助了。

除此之外，尚需了解一些摹仿张大千的主要地区和人。

摹仿张大千早年作品的主要以北京、天津、上海地区为主。

北京地区主要有张大千在北京时的学生谢氏、何氏摹仿。谢氏仿得颇为接近，色调用笔都好，所用的张大千印章只有两方，分别为朱文"蜀客"和白文"张爰之印"。何氏仿得较为呆滞，色调不好，很容易看出破绽，印章用得也不大讲究。

天津地区则以画家屠氏知名，他仿的可以乱真。特别是墨笔的仿得最好，但就是字写得潦草一些。

上海的胡氏也是专仿张大千。他是张大千的弟子，字画仿得都差不离，很容易吃内行的人。可惜也是色调和韵味稍差。

这几位都是 1949 年以前仿张大千的早、中年时期作品的。

1949 年以后在香港有一位姓臣的人组织了几个人专做张大千、溥儒、黄宾虹的伪画。作伪的水平较高，墨笔、设色都做得很好，有的写上上款，有很多内行人上了当。再有就是四川造的张大千伪迹，但水平较低，尤其是颜料较次，很容易识别出来。

张大千晚年作品的作伪据说在台湾、香港都有。如泼彩、粗笔的一些画，老气横秋的样子很像，蒙了不少人。他们还仿制了张大千晚年用的印章。破绽之处就是字写得太差，露了马脚，印章用的印泥质量也较次。

古代书画家的署款

关于书画家的署名

唐伯虎的署名，"唐"字多是用一竖连"口"字，用一横连"口"字的多是有问题。

仇英，署名"實父"的"實"字，真迹者宝盖下要写成"由"字。

董其昌在书画上面署名是字不"玄宰"，画不"其昌"，画上多是不画人。岭南山水画家谢兰生署款时则是字不"里甫"，画不"兰生"。

文徵明早年叫文壁，但"壁"字一定要从"土"，从

"玉"字者皆伪，四十七岁后则不署"文壁"之名。他署名时，多是不写姓，只写"徵明"两字。因此，后人不写姓者，说是学的文徵明。另，文徵明用的名章，不管字写得多大，皆用小章的多。

王时敏到了晚年，其真迹者署名时一定是斜的，从右往左斜，不斜者多是他儿子王撰代笔。

晚明时代书法家爱写条幅一行半，多是七言诗两句，或五言诗两句。

明代画家题字署款的方式习惯是把"写"字放在款识的前面，如："崇祯十年春日写，张宏"。

明代书法家张瑞图流传下来的书法作品中极少有写上款的，有之，则多数皆伪。

八大山人朱耷的署名，七十岁以前，"八"字是写成"𠂇"，七十以后则写成"𠃌"。

高其佩是指画大家，他能用毛笔画细笔楼阁。他的署名，多是在作品上题小字，题大字者伪作居多。

蓝瑛到了晚年，落款"蓝瑛"的"瑛"字，本是"玉"的旁，但他只写一竖就代表"玉"字了。

清代袁江、袁耀有说叔侄，又有说父子，终归如何，尚弄不清。他俩的作品上，从来没有写朝代，只写干支，因此是清朝（康熙——乾隆）哪一代的，也还不清楚。

李鱓的署名，晚年（约五十岁以后）即乾隆十七、八年时"鱓"从"角"边，在此以前则从"鱼"边。

何绍基的署名，晚年行书的"基"字，第八笔是用点，不拉捺。生平写对联，从不重文。

伊秉绶的署名"绶"字，"绶"第三笔不写一点，用"受"字宝盖点来代替。

明人署穷款者

明代有几位画家只落自己的名，从来不见其他题识，主要有：林良、小仙、平山、四明吕纪、四明王谔等。

上款断代

在书画中通过上款的称呼就可知道它的年代，如明末至康熙时代就常常称"××社长""××词长""××社盟""××道长"等。

"左冲"

明代万历开始至清代顺治年间的尺牍中，在结尾空白处常见"左冲"二字。这原是写"左终"的，因为写"终"不吉利，用谐音"冲"代替。

钱选署款习惯

元代花鸟画家钱选，他的传世作品几乎都有自己的题跋，落款又特别具体（如籍贯、姓氏、名、号等），这在以前的画家中是很少见的。

陈献章的书法与落款

广东明代较早的书画家要属陈献章了。他是个理学家、哲学家、教育家，其学以静为主，字公甫，号石斋，新会人，卒年七十三岁，谥号文恭。他在绘画方面，据说会画梅，作品不知是没有流传下来，还是根本不会画。他的书法，初学苏东坡，后仿"二王"，参以怀素。晚年住在山中，缺毛笔，以茅根代之。他制作了一种茅草笔，因为以这种笔写的字，似龙飞凤舞，后人就叫它为茅龙笔。他的书法真迹作品，落款多是"献章""公甫""石翁"；假的作品，有落"白沙""白沙子"。其实，白沙是个地名，"白沙子"是门人恭维他的号。因此落"白沙""白沙子"款的是不恰当的，一般都是仿制品。

林良的署款

广东南海林良是明代较早期的花鸟画家，与当时的吕纪齐名。他的署款都是两个字"林良"，用印大多为朱文方印"以善图书"。其中，署款之"林"字，左边的"木"字较短，右边的"木"字较细长，而最后一捺，多是用点。

林良的儿子林郊，字子达。据说他画的花鸟能继承父业，可惜至今未发现他的作品传世，连假的都很少见。

仇英署名多为代笔

明代"吴门四家"之一的仇英(实父)是位擅长临摹古人绘画的高手,但他却不善于书法。据说他的署名作品,皆是文氏昆仲(文嘉、文彭)代书。楷书款者多为文嘉替书,隶书款者多为文彭替书。

查士标的署款

"海阳四家"之一的查士标(另三家为渐江、汪之瑞、孙逸)字二瞻,号梅壑,安徽修宁人。他的署款中"士"字,到了晚年一般都写成"七"字,方是真迹。

清人题款风气

清代绘画中如"四王"等画家题字多是"仿××人",这种风气沿袭到晚期,唯独石涛的作品很少见到这种题法。

任伯年的题款

任伯年，名颐。这个"颐"字能代表早年和晚年。早年的"颐"字写得繁，晚年则写得较简。落同治年干的是早年，落光绪年干的是晚年。

吴昌硕的署名

吴昌硕三十七岁时学画，自称是五十岁学画，这是他说他五十岁以前没有能画好，是自谦之辞。他在五十岁以前署名"俊"，自五十一岁以后则署名"俊卿"，约至六十九岁以后，就一直落"昌硕"了。

赵晓不轻题款

赵晓，字尧日，太仓人。受麓台法，虚怀号学，每一图稍不如意，就中止，即已成幅，亦不署名，曰："再需三十年或可题款"，时年已四十矣。其刻苦犹如此，画多小幅，平淡古雅，兼善画墨竹，风神萧爽，迥拔时流。

俞樾之名

学者、书法家俞曲园名樾，所署名之"樾"字乃用十个圈组成，故有"俞十圈"之谓。

书画题跋

《文徵明小楷楚辞精品册》跋

文徵明，初名壁，字征明，后以字行，改字徵仲，号衡山居士，长洲（今属江苏）人，生于明成化六年（1470），卒于嘉靖三十八年（1559），享年九十岁。他曾学书于李应祯，学诗于吴宽，并从沈周学画。他的书法和绘画，均有很高的成就：在书法方面与祝允明相埒；在绘画方面与沈周并称，与沈周、唐寅、仇英并称为"吴门四大家"。他兼善各种书体，尤以行书和小楷最为出色。其楷书宗法黄庭、乐毅，亦时有效法欧阳率更。

《文徵明小楷楚辞精品册》，所书为屈原的《离骚》《九歌》《九章》等三章，该帖直高 20 公分、横宽 22 公分，为文徵明八十五岁时所作，共八页半，每页二十四行，行约二十五字，册端右下角钤"停云"白文长方印，册尾钤"衡山居士"白文长方印。册中钤有毕秋帆、毕涧飞的鉴藏印，毕氏昆仲是乾隆朝精于鉴赏书画和富于收藏的名家，每遇翰墨菁英，不惜重金聚为家藏。册尾有鹿坪、诸锦二家之跋语，考诸锦为雍正二年甲辰进士，是一位著名的文学家。鹿、诸二跋对文衡山的楷法可谓论述入微。

　　文徵明所作此小楷册，笔艺之高超使人赞叹，字体庄严、书势遒丽，刚劲挺拔，端厚俊逸。以耄耋之年，尚能书蝇头小楷，其精力异乎常人，应是艺坛一绝。明人最推重他的小楷。当代著名书画鉴定专家启功教授和刘作筹先生曾做鉴定，均认为此册是难得的精品。

　　《文徵明小楷楚辞精品册》为吴南生（憨斋）先生所藏，现予影印出版，以供广大书法爱好者研习参考。（一九九二年岁秒）

67

《张瑞图书渼陂行长卷精品》跋

在明末书坛被称为"邢张米董"四大书家之一的张瑞图，其书法以风格独特，用笔刚韧，气魄宏大，字势雄强见称。清人秦祖永《桐阴论画》谓："瑞图笔法奇逸，钟王之外另辟蹊径"，这一评语是十分贴切。

张瑞图，字长公，号二水，又号白毫庵主，晚号果亭，泉州晋江（今属福建）人。生年不详，明万历三十五年（1607）登进士，殿试第三名（探花），授编修。天启七年（1627）召入内阁，官至建极殿大学士。卒于清顺治元年（1644）。

此卷《杜甫渼陂行》墨迹，纸本，高31公分、宽823公分，首尾共五十八行，行一至五字不等。卷首钤"清真堂"朱文长方印，卷末署款"杜工部渼陂行，天启壬戌于燕中　张长公瑞图"，款左钤"张长公""张瑞图印"白文方印。按"壬戌"即明天启二年（1622），是张氏成熟时期的作品。所书如行云流水，散逸多姿，通篇运笔挺劲，分行开朗，字次紧密，一气呵成。用笔取横势，有飞动之感；

结字峻峭险劲，"似斜反正"，体现了他的独特书风。

张瑞图书《渼陂行》长卷为吴南生（憨斋）先生所藏，卷后有著名书画家刘海粟先生八十七岁时题写的跋语，今一并影印出版，以供广大书法爱好者研习参考。（一九九三年二月）

《王铎自书诗轴真迹》跋

王铎是明末清初的书法家，字觉斯，一字觉之，号十樵，又号嵩樵、痴庵、痴仙道人，别署烟潭渔叟，孟津（今属河南）人。生于明万历二十年（1592），天启二年进士，入清，累官至礼部尚书、东阁大学士。卒于顺治九年（1652），享年六十一岁。王氏博学好古，工诗文，精于史学，能书善画，尤以书法成就最为突出。其楷书学钟繇，行书由米南宫上溯颜平原直至"二王"。点画振动，神采飞扬；用笔纵而能敛，结体奇崛多姿；章法新颖，魄力雄迈，在明末清初书坛上独树一帜，名重当代，有"神笔王铎"之誉，对后世产生极大的影响，有《拟山园帖》《琅华馆帖》及多种墨迹传世。

此幅行草立轴所书为王氏自作《喜与友人联艇之作》五言律诗，绫本，纵214.2公分，横52.3公分，署年"辛卯"，即顺治八年，为其去世前一年所书。署名之下钤"王铎之印"和"痴仙道人"白文印二方。通篇行笔酣畅，起笔及转折多用方笔，凝重而不板滞，刚柔相济，骨力洞达；体势遒逸，神韵深邃，体现了书家高度的艺术造诣。

王铎自书《喜与友人联艇之作》立轴，为吴南生（憨斋）先生所藏，现予影印出版，以供广大书法爱好者研习参考。（一九九三年春月）

《吕翔岭南花果手卷》跋

岭南清代乾嘉始有吕翔，字子羽，号隐岚，顺德人。为人性沉默，天分绝高，能摹拟古画。每见必钩稿藏之，所作则勤与古合，擅长山水、花卉。汀州伊秉绶来粤，见翔画，誉有"北奚南吕"之称。画山水师文、沈，花卉专为陈淳、钱载之法。志峰吾兄所藏此花果八帧，傅色妍润，秀逸有致，若与坤一相比，则有青出于蓝之胜也。乙丑仲冬博陵苏庚春拜观并识。

70

《居廉紫藤画眉图》跋

紫藤画眉图，此帧为居古泉先生晚年所作，秀雅高逸，殊可珍玩。丙子冬月，博陵苏庚春拜观并题。（广州十香园纪念馆藏）

题王震《寒林步月图》

笔畅墨酣，此图为王一亭先生一九一九年己未时年五十三岁所作精品，其纸墨俱新，极可珍赏，丁丑秋八月，博陵苏庚春拜观并识于京华无辍斋之北窗下。

《潘达微远浦归帆图》跋

笔精墨妙，此图潘达微先生背拟董其昌之作，颇得思翁之神髓。高逸之趣，扑人眉宇，极可珍赏之。丙子冬月，博陵苏庚春拜观并题。

题《宋良璧藏诸家画册》①

　　良璧同志，河南人氏，与余共事多年的老友。为人诚恳朴实，好学不辍。工作之暇，研考陶瓷之学，精于鉴别，喜爱书画。近年来，南北一些老书画家为其写作存念，均为装池成册，真可谓是极难得的一代精品也，博陵苏庚春题。

────────────

　　①　诸家画册，分别由谢稚柳、徐邦达、黄独峰、黄胄、金铎、赖少其、黎雄才、梁纪、马琼、梅健庵、宋文治、王康乐、吴作人、亚明、应野平、张雪父、郑乃珖、周怀民、朱屺瞻等二十家为宋良璧先生所作，创作时间大多在七十年代后期至八十年代初。

72

古代书坛杂识

杨景曾品书

在对书家的品评上，清代杨景曾撰有廿四品，别具一格，它们是：神韵、古雅、潇洒、雄肆、名贵、摆脱、遒炼、峭拔、精严、松秀、浑洽、淡逸、工细、变化、流利、顿挫、飞舞、超迈、瘦硬、圆厚、奇险、停匀、宽博、妩媚。

康有为不书扇

南海康有为（1858—1927）是近代书法家，他的作品传世甚夥，但没有扇面传世，人问其故，他说写了扇子有人拿着去厕所，因怕熏臭，为此不给人写扇子。

赵之谦别号"悲盦"

清末时期有位大书画篆刻家赵之谦，他有个别号曰"悲盦"，意思是悲惨的住处，因为他在三十四岁时家中失火，家破人亡。如见到他的作品中有钤"悲盦"印者，必是三十四岁以后的作品。

"天地人"书家

清乾隆皇帝曾封三位书法家为"天地人"，他们分别是：张照（得天），进士；曹秀先（地山），进士；王杰（伟人），状元。

王铎书法

明末清初的书法家王铎，字觉斯，河南孟津人，以往对他的书法无人在家里悬挂，因为他是"贰臣"（明清两朝均做官），所以为人所轻视。后来日本有一收藏家专门搜集他的作品，因此名声大振。

古代画苑杂识

板桥不点苔

郑板桥是康熙秀才、雍正举人、乾隆进士，可谓"三朝元老"。他的画有很多人做假。最突出的是，在板桥家做木匠活的一个人叫谭云龙，人称"谭木匠"，也常伪作其画。不过，一般板桥画石不点苔，可谭木匠画石多点苔。

明院体画家

明代院体派花鸟画家有许多是画技很高的，如：吴伟、张路、李在、林良、吕纪、王谔等，他们在作品中多是只写名字不题诗，后世有人将他们的名字裁掉，冒充宋元人画。

指画名家高其佩

高其佩（1672—1734），字韦之，号且园，辽阳人。工于指画，花木、鸟兽、人物、山水，无不精妙。其画山水笔墨沈着，人物则生动尽致，深得吴小仙之法。相传八岁学画，遇有佳作即为抚摹，经十余年的努力，画艺大进。相传恨不能自成家数。一日倦寐，梦一老人，引至土室，四壁皆画，余则空空，不能抚仿，只水一盂，遂以指蘸而习之。觉而大喜，忆土室中，用水之法，以指蘸墨，信手拈来，皆成妙谛，后废笔从指。曾镌一印"画从梦授，梦自心成"之语。作品传世较多，广东省博物馆藏《听风图》是经意之作。

"老衲笔间无墨水"

普荷（僧），一作通荷，号担当，俗姓唐名泰，字大来，云南普宁人。明天启明经，曾执贽于董思伯之门，后薙发从元住禅师受戒律，结茅鸡足山，工诗，善画山水，取法倪云林，曾自题其画曰："大半秋冬识我心，清霜几点是云林。荆关代降无踪影，幸有倪存空谷音。"又云："老衲笔间无墨水，要从白处想鸿蒙。"可以知其意矣。

顾洛为人捉刀

顾洛（1762—1837），字禹门，号西梅，钱塘人，一作仁和。工人物、山水、花卉、翎毛，颇极生动尽致，尤擅长仕女，精致妍丽，极有功力。人谓西梅幼颇贫，与同里张秋毂善，从事学画艺，秋毂因与奚铁生、汪未山交，汪氏藏名人真迹极多，秋毂时时借与临摹，其摹本之妙，几乱楮叶，众皆题之，不知西梅笔也。其后秋毂不能隐，因携铁生、未山往访，遂与订交，未山知其贫，复请至家。

未山本善画，于是一切笔墨皆出顾手，兴会所至，或顾写人物，而奚补景，时称"双绝"。西梅晚岁益贫，借卖画自给，钤小印曰"丹青不知老将至"，生平未赏重所作，亦未授一弟子，惟扬西溪亲炙之，画未造就而早卒。

孟丽堂晚年作画神异

孟觐乙，字丽堂，号云溪外史，阳湖人。与宋藕堂同为李氏环碧园上客，善画，早岁工山水，晚年专画花鸟，两目失明，犹能摩挲作画，其视朱成碧，以方为圆，全以神行，别饶逸致。

金可采有猫癖

金可采，字甸华，号心山，嘉兴人，占籍吴县。好绘事，与唐逸夫交，得观其点染，领悟遂涉笔作花鸟、人物，即超隽轶群。所作山水，纵横奇妙，逼肖檀园。平生有猫癖，画猫亦绝肖。

金霖泼墨于壁

金霖，自署左手道人，常熟邑庙道士，能以左手写竹，其笔坚劲清利，有坡翁、石室遗韵，常酒后泼墨于斋壁，作风篁数竿，离披散乱，觉秋气满室，萧寥作响，后人颜其处曰：听墨山房。

尊古看尽天下山水

黄鼎（1660—1728），字尊古，号旷亭，自称独往客，晚号净垢老人，常熟人。善画山水，擅于学黄鹤山樵。其初学于屿雪，继而师麓台，一变旧蹊，兼得石谷之意，笔墨苍劲浑厚，画品超逸。生平好游览，杖履所到，凡遇奇绝之忧，一一寄之于画。吴中有人评画者说："石谷看尽古今名画，下笔俱有成法，得称大家。尊古看尽天下山水，下笔俱有生机，并称大家也。"

孔丘后人孔素瑛

孔素瑛，字玉田，山东曲阜人，占籍桐乡，孔丘后人。工山水、花鸟皆有机趣。能书，所画多有题咏，有《兰斋题画诗跋》。广东省博物馆藏其《荷塘清趣图》。

温仪从师得大法

温仪，字可象，号纪堂，陕西三原人。少嗜画，每恨无宗法，慕麓台之法，而未得其因，康熙壬辰（1712）进士，乃谒麓台，以学其艺，麓台则观其用笔起止，浓淡先后，又给以名画缩本临摹，于是遂大进。温氏亦常述其师训曰，"钩勒处，笔锋须若触透纸背者，则骨干坚凝，皴擦处，须多用干笔，然后以水墨晕之，则厚而有神"，又曰，"墨如设色，则姿态生，设色如用笔，则古韵出。画家之习不扫自除矣"。可见是很为用功学习绘画理论的。

张祥河博采多家

张祥河，字符卿，号诗舲，一号鹤在，又号法华山人，晚称诗道人，华亭人。张照从孙，嘉庆庚辰（1820）进士。曾客师京富阳，董相国邸第，与袁少迁、周芸皋讲求六法，所画山水，私淑文氏，而写意花鸟，力追白阳，晚年又涉石涛一派，用笔健劲。当涂黄左田告归，诗舲为写《饯书图》，左田称其得五峰意，著有《铜鼓斋论画集》传于世。

嵇承咸有功于典籍

嵇承咸，字小阮，无锡人。工山水，以董巨及倪黄为宗，不拘绳尺，自合法度。曾于市购得明人王孟端《书画传习录》及《书事图事丛谈》，若干卷，向无刊本，遂为校订注释，积月岁年，复纂明代诸名家为《书画续集录》一卷，又著《梁溪书画征》一卷，并付刊印，可谓有功于斯道矣。

如意馆画

"宫廷院画"（昔称如意馆画），清代的帝王有些是崇尚于绘画艺术，但这一时期没有设立画院，仅设有"内廷供奉、内廷祗候"等职。清代初期至晚期，许多画家被召入宫廷任职，专为帝王作画。其作品，多是"臣"字款，一般都是按照皇帝的意图，以及为宫院中的装饰（贴落）作画。在宫廷院里任职从事绘画的著名画家，有人物画家焦秉贞、顾见龙、冷枚、陈枚、丁观鹏、丁观鹤、金廷标、姚文瀚、罗福旻、华冠、缪炳泰、周鲲、沈振麟等。

宋培基成名前后

宋培基，字石根，号凯臣，晚称凯翁，临桂人。喜饮酒，画山水，用笔得乌目山人遗法。明辈有酒招者，兴酣落笔，十余幅可立就，每幅各跋数语，或题一诗，均透逸隽雅，曾记其一绝云："石磴盘旋石笋斜，山泉漱出满溪花。岩前老树枯犹在，留与渔人系钓槎。"相传初学画时，一日欲得便面试笔，不可得，见塾童有持白扇者，则买饼饵诱之，始得落笔，成名后，有索画不获者，犹以旧事相诮，然非此专精，亦安能造诣是之深也。

吴霁画中书卷气

吴霁，字倬云，号竹堂，钱塘人。乾隆癸未（1763）进士，澹于荣利，工于书画，山水师华新罗，墨竹仿鲁千岩，而秀颖起拔之致，有为新罗、千岩所不能到者，昔黄奂岩、唐子畏画师周臣，而雅俗迥别。或问周画何以俗，曰：只少唐生数千卷书耳。时于竹堂之画亦云。其晚年所作兰竹，箨石见之自以为不如，间作写意仕女，尤极隽丽。

鲍汀以诗名志

鲍汀，字南行，一字若洲，号勤斋，无锡人。工诗善书，专宗赵松雪、董香光，画宗倪云林、王孟端，曾至粤西，得览桂林山川之胜，诗益奇，画益妙。曾自题《杏花春雨江南小景》三绝云："江云漠漠雨霖霖，郭外人家湿翠微。网得银鱼归去晚，乱红低压绿蓑衣。杏花经雨湿红稠，精峭轻寒半似秋。燕子未来莺语涩，有人独凭小楼头。鸭头新绿涨初平，鱼尾红霞一抹轻，细雨如尘吹不断，隔溪先见两峰晴。"付志如此，以见一斑。

戴振年独尊白阳

戴振年，字公复，号白阳子，晚以字行，大庾人。工山水、花果、翎毛，其所作山水，笔苍墨润，气雄韵厚，花果、翎毛有白阳逸趣，尤工梅，繁简相应，雅韵不凡，著有《白阳画稿》。

顾春福以水仙兰石应求画者

顾春福，字梦香，昆山人。顾锦畴仲子，亦善画，师于改七芗，人物、仕女、花卉入手即超逸，而山水亦工。初师赵千里，继仿王石谷，用笔用墨，浑厚秀润，然不多作，求画者多以水仙兰石应之，着墨不多，别饶生趣。

朱柔则以画盼夫归

朱柔则，字道珠，又字顺成，钱塘人。柴静仪媳，工诗画，为蕉图王子之一，其夫沈用济游京师，为红兰主人客，柔则遥寄《故乡山水图》，主人为题一绝云："柳下柴门傍人隈，夭桃树树又花开，应怜夫婿无归信，翻画家山远写来。"其夫用济读画与诗，为之感动，旋归，一时传为佳话。

沈玉珩夫妇唱随

沈玉珩，字佩蘅，嘉兴人。吴琎轩室，性好静，喜谈养生家言，晨起，必抄清修妙论数百字，学作墨竹数纸。曾为琎轩画兰竹便面，琎轩题一绝："同心莫如兰，虚心莫如竹。长写善人居，何来俗尘扑。"唱随相得，惜降年不永，琎轩为撰《委蜕记略》悼之。

边寿民芦苇传神

边寿民（1684—1752），一名维骐，字颐公，号渐僧，又号苇间居士，淮安人，或作山阳。能书，学黄山谷，善画花卉、翎毛，用白描法写花果奇珍，均有别趣，泼墨芦雁尤为著名。有人说他画的芦苇疏而能动，是用画墨竹的方法来写出的。

王有仁为妇做寿

王有仁，号淇园，又号嫩园，吴县人。擅长写真，得陆心山法，兼能画山水、花卉，山水宗法耕烟、墨井，花卉宗法白阳、忘庵。笃情伉俪，妇五十生辰，时当暑夏，自写《碧筒劝饮图》以寿，其风致如此。

改琦以爱女妻友

汪镛，初名铭，号笠甫，华亭人。天资颖异，少从玉壶山人改琦（1773—1828）游，山人以爱女小壶妻之。凡人物、花卉、山水，尽得其法，又时与松壶、裴舟商榷讨究，所谓益进，晚复屏弃一切，专事山水，深厚沈着，直造董思翁、王麓台之室。

华岩标新立异

华岩（1682—1756），字秋岳，号新罗山人，东园生，布衣生，离垢居士等，闽之临汀人，家钱塘。幼年失学，曾在一家造纸作坊当过学徒，性爱绘画，十九岁就在家乡华氏宗词正厅画了壁画四幅，深为林中人所称赏。年长即离家乡，后去扬州卖画为生。善画人物、山水、花鸟、草虫，脱去时习。上追宋代马和之的兰叶描法，近受陈洪绶、恽寿平两家影响，着重写生，自创风格。写动物尤佳，其笔意，纵逸骀宕，粉碎空虚，种种神趣，无不标新立异，机趣天然。善书，取法钟王，虞世南；也能诗，著有《离垢集》。

"天生富贵"蒋元龙

蒋元龙，字春雨，嘉兴人，乾隆辛卯（1771）副榜，工写生。人谓其曾食杨梅，水渍纸上即以杨梅涂作牡丹，并摘阶前草取汁画叶，生趣盎然，钱香树为其题端曰："天生富贵"。

蒋间不多作

蒋间，原名诰，字则裕，号二香，昭文人。工诗及书，喜购图籍及金石文字，客至，商榷古今，累日不倦。善画墨兰，兼擅山水，俱有天真烂漫之趣。惜不多作，且早卒，故流传绝少。

蒋确不假年

蒋确，字叔坚，号石崖，初名介，字于石，华亭人。流寓上海。怀奇负才，好诗酒，嗜书画，书学李北海，写花卉、山水，用焦墨勾勒，再以湿笔渲染，天然雅致，尤精画梅，于金冬心、罗两峰外，别开蹊径，雅秀清健。光绪年间挟艺游沪，卒于豫园"飞丹阁"，年仅三十余，其友胡公寿，高邕为理其表。

庄曰璜迷蝴蝶

庄曰璜，字渭川，号磻溪，又号谢城，震泽人。少工书画，尤精画蝴蝶，曾作《百蝶图》，题咏者夥，其友镌"庄生晓梦迷蝴蝶"之句以赠之。后又专事山水，萧疏澹远，师发倪黄，间作兰竹小品，亦清雅。

许锦堂精鉴识

许锦堂，号潜庵，一号云扉，长洲人。善书，工鉴别，所居琴月楼，一榻一几外，卷册丛积，皆名人妙墨，因通画理，偶有所作，悉依古法。所作兰竹小品，深得衡翁（文徵明）三昧。

周韩起性嗜荔枝

周韩起，字聘伊，号莘野，莆田人。顺治间人，善画墨竹，陈僧权授以笔法，遂臻其妙，颇自矜惜，性嗜荔枝，每暑月见贩者则饱餐殆尽，索价无以偿时，贩出素缣求画，便欣然挥洒，虽近憨，亦自不俗。

廖安福画梅

廖安福，字恩光，号介轩，娄县人。陈屺瞻外孙，工写兰竹，并善画山水，初从海盐张芭堂学，后得母舅指授，笔墨大进，尤善画梅，宝枫亭曾题其画梅云："纵横笔底带烟霞，貌得江村竹外斜。清到十分香到骨，更无人似廖梅花。"

廖云槎画学周之冕

廖云槎，字斐舟，青浦人，居松江。幼慧，长赘六河汪氏，所交皆一时之俊彦，遂通画法。工花卉，始从周服卿（周之冕）入手，后扩以宋元。风神骨格追南田，曾与改七芗、沈瓯史合写《百花绮恃》，点染华妙，得者宝之，间亦写水墨兰石及墨竹。

蒋和家学渊源

蒋和，字仲叔，号醉峰，自称江南小拙，金坛人，家梁溪。其祖为拙存老人蒋衡（1672—1742），工隶书。克承家学，兼擅山水、人物、写照，尤长墨竹。著有竹谱曰《写竹简明法》，后学奉为楷模。

"真香佛空"张大风

张风，字大风，号升州道士，又号上元老人，江苏南京人。崇祯时秀才。善画山水、人物、花卉。早年画风恬静，明亡后风格一变，笔墨奇肆纵放，别具一格。其所作品，到了晚年，署款往往只写"真香佛空"四字，而不署姓名，其作品传世较少。

"秦杨柳"

秦仪，字梧园，无锡人。居吴门，画山水宗石谷，长于水村小景，尤善作点叶柳，笼雨拖烟，别有意趣，人称"秦杨柳"。人谓马远之松，文同之竹，赵子固之水仙，王元章之梅花，皆能于植物穷其妙，今梧园更与柳作缘，曲传其风流跌宕之致，洵可垂芳于艺苑矣。

孙山涛临文徵明

孙山涛，吴人。工山水，曾从王麓台游，讨论六法，尤善临摹，《在亭丛稿》记其临文衡山待诏画一卷云："衡山手笔苍秀，脱去画史蹊径，与石田并重，而各擅胜处，古来画家，皆有所本，董源写江南山，米元晖写南徐山，李唐写中州山，马远夏珪写钱塘山，赵吴兴写苕溪山，黄子久写海虞山，此卷大似吾吴天池山，龙池石壁，长林深涧，岩谷幽邃，其村落人家，似未写竟者，盖就真本摹拟，绝不点苔，其用笔简净可见。"

琴岩居士唐廷楷

唐廷楷，善制琴，因自号琴岩居士，山阴人。工韵语，善饮，每举杯长吟，诗成就醉，学画于钱塘李志皋，有出蓝之誉，画残荷尤工，边寿民以雁名，墨中渗胶，黯淡少致，廷楷墨光秀润，生趣勃然，一时文人手持素笺多出其手笔。

孙铨为翁方纲写《苏斋图》

孙铨，字鉴堂，号少迁，一作小迁，昆山人。乾隆庚子（1780）孝廉，少好写生，尤善作兰竹，中年兼画山水、人物，间写仕女及女仙相。其写竹学其乡前辈夏仲昭法，写生得白阳遗意，亦兼恽法，画山水以黄鹤山樵为宗。曾为翁潭溪写《苏斋图》，潭溪爱其得思翁意，每作书与之易画焉。

徐兰诗画兼绝

徐兰，字芬若，号芸轩，常熟人。流寓北通州。善诗画，花卉可继南田；白描人物，一时无对。曾从人出塞去祁连山，山中有花数十种，皆艳丽，中土所未有，遂为图。其出塞诗有"马后桃花马前雪，出关争得不回头"句，为世传诵，盖徐兰乃王阮亭诗弟子也。

臧吉康好题诗

臧吉康，原名钰，字惠南，号樵仙，更号友云，长兴人。嘉庆甲子（1804）举人。工诗画，善写花卉，曾自题画梅图扇云："爱兹纨素好，为写一枝梅，玉笛吹不落，春风扇正开。最宜明月下，疑有暗香来。热恼消除尽，披襟亦快哉。"画菊自题云："老圃正堪夸，佳色独无比，想见篱下人，酒味益清美。今写傲霜枝，秋光生素纸。相对正忘言，吾意淡如此。"写墨牡丹，自题云："卯酒微醉宿露浓，金花笔上缋春风。底须定买焉支画，国色天然自不同。"于此可知友云，亦一诗人也。

李瑞清诗画绝笔

李瑞清，以字行，号梅盦，自称玉梅花庵道士，晚号清道人，临川人，居上海。李春湖侄孙。光绪癸巳（1893）举人。工书，汗魏真行篆隶，靡不苍劲入古，晚年偶画木石，遒劲超逸，颇有雪广意。相传死前数日，为人画松一帧，题云："我闻郑所翁，画兰不画土。哀哉孤臣心，脉脉向谁语。余亦寥落土，怀罪海滨处。写此老松枝，思之泪为雨。不能化龙飞，后调何足数。"此为其诗画之绝笔也。

戴公望私淑恽南田

戴公望，号贞石，嘉善人。戴卧云子，工书画，均学恽寿平，凡花草，山水，兰石，偶一点笔，靡不超隽。性嗜古，多收前贤墨妙，遇瓯香佳本，尤不惜金以购之，藏宝恽室中。其所作《梦屋暮寒图》暨《横塘访秋图》，苍厚森秀，于南田外，兼得墨井、耕烟两家笔趣。

罗聘之子亦画梅

罗允绍，字介人，扬州人。罗聘子，善画梅，人谓"其父两峰画技名艺苑，尤以画梅为海内独绝，今介人，善守其家法，而变化之，亦以梅着，真可谓是罗家梅派也。"

王元勋写照传神

王元勋，号湘洲，山阴人。人物、仕女、山水、花鸟，皆能工之，尤以传神著名，其所作不在施米傅粉，缕金佩玉，而自得闺阁窈窕之态，故其为妇女写照，而能在逼肖中能增于妩媚。

乱头粗服李方膺

李方膺（1695—约1755），字虬仲，号晴江，一号秋池，又号抑园，江南通州人。雍正初年举为"贤良方正"，后做山东兰化知县，终因不善逢迎，得罪长官，被罢职去官，寄居南京的借园，自号借园主人，后在扬州依靠卖画为生，善画松、竹、兰、菊等，墨梅尤为著名，用笔倔强放纵，不拘成法，而苍劲浑厚之感，淋漓超脱，有一种"乱头粗服"的风致。人们说其绘画笔意在青藤（徐青藤）、竹憨（灵壁和尚）之间。

吴大澂兼擅绘事

吴大澂，字清卿，号恒轩，吴县人。精鉴别，喜收藏金石，得宋微子鼎，有为周客之文，客作窓，因自号窓斋。幼工篆书，中年以后，又参以古籀文，兼长刻印绘事，山水、花卉用笔秀逸，曾仿恽南田《山水花卉册》，及临黄小松《访碑图》，尤妙。

蒋廷锡画风多样

蒋廷锡（1669—1732），字扬孙，一字酉君，号西谷，又号南沙，江苏常熟人，蒋伊子。初时与马元驭、顾文渊游。善写生，或奇或正，或率或工，或赋色，或晕墨，点缀坡石，均能运用自如，间作水墨、折枝窠石，以及兰竹小品，也极有韵致，学青藤、白阳之法。其作品有《墨荷图》是其经意之作。按，其父蒋伊，字渭公，号莘田，性孝友，负才略，工诗文，善绘事，康熙癸丑（1673）进士。曾绘十二图，论当时灾荒实在情景进呈，圣祖览图为之动容嗟叹。

慈禧的代笔人

缪嘉蕙（女），字素筠，云南人。工花鸟，能弹琴，亦能写小楷。福昌殿供奉。相传光绪中叶，慈禧太后忽怡情翰墨，学绘花卉和书写大字，思得一二代笔妇人，遂降旨各省觅之，时素筠随夫宦蜀，夫死子幼甚苦，归滇，四川督抚荐送京师，慈禧召试，大喜，置诸左右，免其跪拜，月俸二百金。自是之后，遍大臣家皆有慈禧所赏花卉扇轴等物，均为素筠代笔。

《范湖草堂图》

周闲，字存伯，别号范湖居士，秀水人。工诗文，精篆刻，善画花卉。与萧山任熊友契，故画近熊，而稍变其法。所作画笔挺秀，气味深厚。先世武职，宦游在外，久离井里，乃绘《范湖草堂图》，以寄故乡之思，题者甚多，徐兰史为之序，载在《灵素堂集》。

汪梅鼎不随流

汪梅鼎，字映雪，号瀚云，又号蓼塘，休宁人。乾隆癸丑（1793）进士，为人性澹率真，好饮酒，善鼓琴，诗书画，无一不工，当时画山水，多抚娄东，而瀚云独开生面，画意高简，得宋元人法，亦工兰竹及花卉，曾为林远峰写《双树图》，老干交依，离奇夭娇，笔意纵逸，伊墨卿作坡陀，铁舟和尚补石，洵称合璧。

文人之笔吴平斋

吴云（1811—1883），字少甫，号平斋，晚号退楼，又号愉庭，归安人。好古精鉴，性喜金石，彝鼎、法书、名画、汉印、晋砖，宋元书籍，一一罗致。入其室者觉琳琅满目，令人有望洋之叹，所藏齐矦罍二，王右军《兰亭序》二百种，最为珍秘，所著《两罍轩彝器图释》《二百兰亭斋金石三种》，亲自绘图，尤为可贵，书法平原，偶写山水、花鸟，随意点染，脱尽恒蹊，可称是文人之笔也。

顾畹芳精鉴赏

顾蕙，字畹芳，一字纫秋，号墨庄，吴县人。顾纯熙女，翟云屏外甥女，幼禀庭训，善写生，下笔便工，适同邑毛叔美为继室。精鉴赏，储藏书画极夥，畹芳尝临摹古迹，兼长山水，有《尚友斋雅集图》《朝梵祝延图》，笔致工秀，具有文衡山风范。

书画商陈定

陈定，字以御，崇祯、康熙间人。王时敏曾在康熙五年丙午（1666）致家书中，述及陈定为王额驸鉴别收买书画，疑为当时之书画商也。

卢世昌尤爱画兰

卢世昌，号絧斋，湖南桂阳人。乾隆甲戌（1754）进士。善诗文，工隶书，尤爱画兰，曾写《滋兰树蕙图》，自题云："空谷春生忆往时，半帘秋影雨丝丝，芳馨贻赠情何限，淡墨和烟写一枝。撷得孤芳到处栽，写生远向笔端开。有声诗句无声画，都是心花结撰来。"

钱元昌三绝名于时

钱元昌，字朝采，号垫堂，又号一翁，海盐人。钱界从子，康熙壬年（1702）孝廉。天资颖敏，有隽才，工诗，善书画，弱冠即以三绝名于时，好作折枝花卉，其法得自南沙，而能独行己意，以拙取媚，以生取致，曾自题画云："象形者失形，守法者无法，气静则神凝，意淡则韵到，乃名言也。"

邹氏一门风雅

邹显吉，字黎眉，号思静，无锡人。工诗，画山水、人物、花卉，落笔尽妙，尤善画菊，有邹菊花之名，一门风雅，兄弟子侄皆工。其弟邹显文、邹显臣，工诗画；从弟邹卿森，以诗文绘画名于时；长子邹士夒，字圣俞，号曙峰，康熙丁酉（1717）举人少负隽才，亦工绘事；邹显吉子邹士随，字景和，号晴川，雍正癸卯（1723）进士，工山水，笔意雅秀，得自家传。

画到古人不用心处

杨昌绪，字补凡，号凤凰山人，长洲人，寓扬州。缪颂馆甥，善画山水，兼长仕女、花卉，曾入蜀至苗疆，饱览山川奇胜，画益工，旋游武林，自画《凤凰山下读书图》，题咏殆遍，其所画山水，于森秀中见浑厚，每引蓬心道人语云："画到古人不用心处，乃有佳趣。"

翟大坤子孙皆画

翟大坤，字子垕，号云屏，后病耳，自号无闻子，嘉兴人。性萧散，好书画，书学孙过庭，山水宗宋元，下笔深秀，有诸家之长，写生得白石、白阳遗意，间作墨竹亦妙，有《沙村访友图》最工。其子翟继昌，字念祖，一字墨癯，号琴峰，嘉兴人，画承家学，山水苍润，晚岁仿吴仲圭、沈石田，颇有思致，长于小品，兼善花卉，古雅清秀，曾自题画云："宋人古拙，元人古雅，须一手兼之。"又言："终日作画，必无佳处，天机活泼，要在闲中得之。"此数语中，能道其所得也。其孙翟成基，亦喜绘事，能致家学。

赵之琛身怀多艺

赵之琛，字次闲，钱塘人。陈豫钟高弟，精心嗜古，邃金石之学，工书及篆刻，善画山水，师子久、云林，以萧疏澹远为宗，花卉笔意潇洒，傅色清雅，大有新罗神趣。间作草虫，随意点笔，各种体貌，无不逼肖。晚岁又喜写佛像。所居高士坊，名其庐"补罗伽室"。

"老苔"桂馥

桂馥，字冬卉，号未谷，晚称老苔，曲阜人。乾隆庚戌（1790）进士。学问渊博，邃于金石考据之学，篆刻汗隶，雅负盛名，暮年始好写生，间作墨竹一丛，苍苔数点，意趣横逸，在青藤、白阳之间，钱松壶，常与讨论云，画中惟点苔难，故自号"老苔"云。

徐渭仁盛年始学画

徐渭仁，字文台，号紫珊，上海人。工篆隶行楷，悉有法度，精鉴赏，富收藏，曾或隋开皇时董美人碑，自号隋轩，又得建昭雁足镫，因颜自居曰"西汉金镫之室"。年三十八，始学画，初写兰竹，下笔已自不凡，旋去而作山水，宋元各家，无不窥其堂奥。后因索画日繁而辍笔。

"似能不能得花意"

严保庸，字伯常，号问樵，丹徒人。道光己丑（1829）进士。笃志好学，自以为诗古文词，不逮古文，惟传奇常能无愧于作。工兰竹，有逸致，旁及写意花卉，曾举吴梅村"似能不能得花意"七字，为写生家度世金针，识者韪之。

汤贻汾一门风雅

汤贻汾，字若仪，号雨生，晚号粥翁，武进人，居金陵。书画诗文，弹琴，围弈，击剑，吹笛等诸艺，靡不精好。善画梅，极有韵致，点染花卉，淡洁超脱，间写苍松古柏，纵横多姿。都督一门风雅，相传其画梅楼曾合笔一册，与其蓉湖夫人暨诸子所作，凡七人，计十三页，木石、花鸟、人物、鱼虫，靡不妙，尤动人欣赏。又曾以江上《画筌》一编，分目为十卷，以己意透彻言之曰《通筌折览》刊。

其室董琬贞，字双湖，号蓉湖，武进人，董潮孙女，汤贻汾室，有小印曰"生长蓉湖家潋湖"，凤娴诗画，归汤雨生后，画益进，山水、花卉靡不工，尤善画梅，题句亦妙，曾于岭南画梅，寄雨生九江，系以卜算子云："折得岭南梅，忆着江南雪，君到江南雪一鞭，可是梅时节，画了一枝成，没个谁评说，抵得家书寄与看，瘦似人今日。"其长子汤绶名，字寿民，工琴，善画及篆刻，画承家学，墨梅、山水颇超迈；其次子汤懋名，字右民，工写生；其女

106

弟子任春祺，浙江人，工诗，善画兰。

六舟好博古图

达受（僧），号六舟，自号小绿天庵，海昌人。海昌白马庙和尚，性耽翰墨，不受禅缚，行脚半天下，名流硕彦，无不乐与交游，精鉴别古器及碑搬之品，芸台以金石僧呼之，间写花卉，得青藤老人纵逸之致，篆隶飞白并妙，拓手尤精，能拓各器全角，阴阳虚实，无不逼肖，曾拓古铜器二十四种，同人各缀以花卉，装成巨卷，高雅绝伦。

蒲作英寓沪卖画

蒲华，字作英，秀水人，侨寓上海。工书画，草书自谓效吕洞宾、白玉蟾，笔法奔放，如天马行空，时罕其匹。画竹心醉东坡，花卉在青藤、白阳之间。间作山水，亦纵逸，求准绳于规矩之外。与同人杨伯润等结鸳湖诗社。所居曰"九琴十砚斋"，寓沪数十年卖书画以自给，当在九旬左右，妻早卒，无子女，曾游日本，为彼邦人士推重。

李秉绶寄居粤西

李秉绶，字佩之，号芸甫，江西临川人，寄居粤西。以盐业起家，工书画，兴至落笔，遂有意趣。其写意松梅、杂卉，以白石、白阳为宗，旁及青藤、石涛、新罗诸大家，兰竹则专师箨石，纵逸挺秀，时贤殆罕其匹，家藏多名绘，然遇佳本益购之，其笃古如此。家筑别墅，曰环碧圆，结纳一时画人，如吴县宋光宝，阳湖孟觐乙皆座上客，后邀至广东东莞授画。

彭玉麐一生知己是梅花

彭玉麐，高雪琴，湖南衡阳人。性喜画梅，老干繁枝，千珠万蕊，其劲挺处似童二树。一生所作不下万本，每成一幅，必盖一章曰"伤心人别有怀抱"。又曰"一生知己是梅花"。相传玉麐所画梅佳者，是一幕客黎某代笔，惟某画梅于老干之上，必作虎头皴，以暗识之。

钱载擅写兰石

钱载，字坤一，号箨石，又号匏尊，晚号万松居士，海盐人。钱界从孙，族京师，有钱老相公之称，南楼老人从曾孙。乾隆壬申（1752）进士。学问渊懋，品行修洁。工诗善画，写生，从学于曾祖母南楼老人。在都门，蒋恒轩请主师席，因得亲其点染，笔法益进。其设色花卉，简澹超脱，有青藤、白阳遗意。所写兰石，高雅逸致，兰叶纵笔偃仰，神趣精溢，用飞白法为之，遒劲流转，卓然高致。

钱东善书画

钱东，字东皋，号袖海，自称玉鱼生，仁和人，侨居扬州。工诗，尤长词曲，善书画，均得南田法。寓扬州双桥巷，颜其室曰"双桥书屋"，有"绣药轩"图章。间画山水，得文氏风貌，曾与从弟叔美合作数帧，尤为鉴家所珍之。

钱大昕兼擅绘画

金石学家钱大昕（1728—1804），字及之，又字晓征，号丰楣，又号竹汀，嘉定人。乾隆甲戌（1754）进士。平生多著述，情于金石，尤精汉隶，而无画名。蒋心馀有题其画白莲诗："楷法写枝干，行草写花叶，作画如作字，吾师白阳接。"可见其善画花卉也。其子钱东塾，字孝韩，号曙田，又号石桥，晚号自称石丈，幼禀庭训，工诗文，善分隶，尤嗜图画，善写山水，古雅秀郁，师法宋元。晚作《疏柯竹石》，萧寥荒冷意趣，在笔墨蹊径之外。家藏古迹甚多，尤宝爱仲姬画竹卷，因颜其室曰"赵管墨妙斋"。从子钱坫，字献之，号十兰，乾隆甲午（1774）副贡。工篆书，兼铁笔，善画梅，仿石室老人，繁枝密蕊，极寒瘦清幽之致，间作兰竹，亦秀逸，晚年右体不仁，左手作书画尤妙。其婿瞿中溶，字苌生，号木夫，晚署木居士，邃于金石之学，篆隶有法，行楷学六朝人，尤工摹印，曾曰"白文不如曼生，朱文则自谓过之"。善画花卉，师陈率祖，而参以己意，洒脱淋漓，在白石、青藤间。

缪椿创"缪派"

缪椿，字丹林，号东白，吴县人。工花卉，翎毛，轻倩澹逸，宗瓯香，而稍易其法，名噪一时，吴中写生，自忘庵老人后，竟推补斋为巨擘，已而东白继起，又靡然从风，有"缪派"之目，并工山水及水墨竹石，亦超轶有自然之趣，其落款即以蟹爪笔，行楷书，亦妍秀可爱。

沈宗敬得赐二匾

沈宗敬，字恪庭，又字南季，号狮峰，娄县人。沈白从子，康熙戊辰（1688）进士，精音律，善吹箫、鼓琴，工诗及书画，山水师倪黄，笔力古健，思致高远，水墨居多，青绿亦偶为之，疏景小幅尤佳，圣祖南巡，献画称旨，题"清风兰雪"额，又进《琴辨》《画品》二说，又赐"烟岩高旷"额，一时荣之。

"传神妙手" 沈振麟

沈振麟，字凤池，一作凤墀，元和人。工写照，间善写生及山水人物。咸同间供奉内廷。慈禧太后赐御笔"传神妙手"匾额。奉敕画马便面二叶，有宣朝御题三字，一曰"飞霞骢"，一曰"翔玉骢"，钤有道光御用方玺。又作《百鸽图》，每页籤书各名，尽绘物之妙。

李泰名震都下

李泰，字佐民，如皋人。曾如玉女山，趺坐鸳鸯松下，见有停云坐然竟日，遂得灵悟，一夕写"七宝缨络金粟如来妙象"，贴近世护国寺，观者如堵，一时王公贵人稽首膜拜，叹息欣悦，逐名震都下。

周玙标价寻知己

周玙，字昆来，号嵩山，江宁人。善画人物、花草及犬马，而龙尤妙。曾以画龙张于黄鹤楼，标曰"价银一百两"。有集司某者，登楼见之，赏玩不已，曰："诚值百金"，玙即卷赠之曰："玙非必得百金也，聊以见世眼耳，公能识之，是玙知己也，当为知己赠。"由是更为知名。

周德一供佛通画理

周德一，字子安，号墨痴，昭文人。性好佛化，归心净土，弱时誓愿绘佛像。虔诚供养，因借本临摹数过。某夕，忽通画理，绘丈六金身，法相庄严，古厚简净，得吴道子遗法。兼善写生，写意白莲花，尤为出色。

夏銮翔绘《碧血录》

夏銮翔，字紫笙，钱塘人。夏凤翔弟，工白描人物，曾为庄芝阶绘《碧血录》，五卷图像，始于秦之蒙恬，终于明之卢象升，凡二百三十二人，为图一百二十有一，而于历朝官制，文武冠服，考据详明，足证学问，至其布局之浑成，位置之疏密，尺幅之中，贤奸逼肖，尤见匠心独运焉。

同能不如独胜

徐方，字允平，号铁山，又号亦舟，常熟人。少时与顾文渊及王翚同画山水，后翚因从太仓烟客。元照两公游，得见宋元名迹，学问日进，自度不能过之，遂语文渊曰："同能不如独胜"，文渊去画竹，允平去而画马，后两人果臻绝境。

徐璋摹先哲像

徐璋，字瑶圃，娄县人。人物、山水、花鸟、草虫皆入能品，写真尤妙。曾摹云间先哲像，一百一十人，始于太学全公思诚，终于陈黄门子龙。盖明代二百七十年，忠孝、廉节、文章、理学，悉登于册，英姿飒爽，德容肃穆，不愧为沈韶高弟，传神名手也。

香泉写生

凌瑚，字仲华，号香泉，如皋人。写人物、仕女，得北宋人法，尤长花卉、禽虫，傅色妍冶，风致婵娟，妙笔趣生，杭人以梁山舟楷书、钱竹初山水，与香泉写生，称为"三绝"。

毕琛家贫不辍画

毕琛，字仲恺，号小痴，常熟人。工人物、仕女、写真，得胡缓溪法。家贫，事母孝。吮粉调朱，寒暑不辍，曾为陈云伯写《玉局修书图》及张雪鸿《小影册》，凡三十余幅，无不入妙。

郭福衡以画应试

郭福衡，字友松，自署娄村老福，娄县人。同治癸酉（1873）举人。工六书，尤工人物，笔致古茂。临川李小湖视学江苏，以"鹦鹆来巢"解试士，友松于试卷后，图其形以进，小湖视之，诧曰："此朵画院本也"，首拔之，并赋《鹦鹆行》。

"前无十洲，后无章侯"

陈尹，字莘野，号云樵，青浦人。少从学于上海李藩，所画人物、山水、花鸟，初甚工细，后入疏老，有青出于蓝之目，王原祁曾评其画云："前无十洲，后无章侯，可入神品。"

洗红轩弟子

张荣祖，号松崖，籍汉江，家秣陵。少好丹青，见姜埙（1764—1821）笔墨爱之，因介廉山刺史，执贽门下，学画人物、仕女、花卉，得其秘授，可称神似，人谓洗红轩（姜埙）弟子，只此一人而已。

金屋春深曉
起遲雲鬢褊
整亂如絲內廚
飯日無宣喚
不向君王索
荔枝

乙卯夏日寫於秋岳新眉
山人華嵒

清·华岩 《金屋春深图》
纸本设色 119×57厘米
广东省博物馆藏

清·任伯年 《翎毛寿桃图》
纸本设色 1889年 133.8×65厘米
广东省博物馆藏

清·孟觐乙 《仿沈周花卉图》
纸本设色　140.5×38.4厘米
广东省博物馆藏

清·苏六朋 《苏武牧羊图》
纸本设色 335×139厘米
广东顺德博物馆藏

清·苏仁山 《五羊仙迹图》
纸本墨笔
广州艺术博物院藏

清·居廉 《采花归》
绢本设色 1897年 直径24.5厘米
广州艺术博物院藏

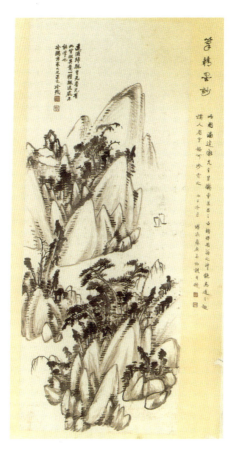

潘达微 《山水图》

纸本墨笔

广东省博物馆藏

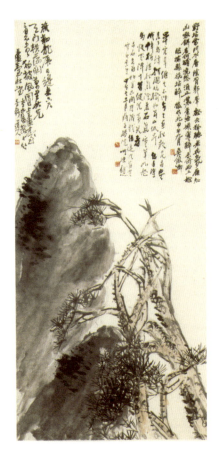

吴昌硕　《乱石山松图》

纸本设色　1894年　133.6×64.8厘米

浙江省博物馆藏

吴昌硕 《岁朝清供图轴》
纸本设色 174.7×47.5厘米
北京故宫博物院藏

徐悲鸿 《鹅》
纸本设色 1935年 107×73厘米
中国美术馆藏

高剑父 《东战场的烈焰》
纸本设色 1932年 166×92厘米
广州艺术博物院藏

齐白石　《钟馗搔背图》
纸本设色　1926年　89×47厘米
北京画院藏

齐白石 《葫芦》

纸本设色 66.5×35厘米

北京画院藏

张大千 《新安江行舟图》
纸本设色
吉林博物院藏

张大千 《薛涛制笺图》
纸本设色
吉林省博物院藏

陈树人 《峨眉揹子》
纸本设色 1945年 113×79厘米
中国美术馆藏

"曾经御览"

喻兰，字少兰，浙江桐庐人。曾供内廷，每画必钤"曾经御览"之印。工人物仕女，用笔浓重，所作楼台殿阁，不用界画，随手为之，动中规矩，古尊彝鼎，茶具酒铛，皆有所本，非草草杜撰。功力之深，可想见矣。

万道人

万寿祺，字年少，自号沙门慧寿，徐州人。甲申后儒衣僧帽，往来吴楚间，世称万道人。博览群书，明数理，通禅悦，工诗文词，善书及篆刻。工仕女，作唐装，楷模周昉，得幽闲之态。山水、木石，随意点染，萧然出尘。然颇自矜惜，曾效唐子畏："闲来写就青山卖，不使人间造孽钱"。

杨象济自号老龟

杨象济，字利叔，号啸溪，又号汲庵，秀水人。游吴中，曾获一白龟爱之，题其所居曰"龟巢"，因自号老龟，书画款皆署之，并镌一印曰："食气者寿"，其好奇如此。咸丰己未（1859）举人。诗文雄健，书画皆古雅，尤能画佛。

管希宁绘《豳风图》

管希宁，字幼孚，号平原生，自称金牛山人，扬州人。通经史，喜金石，善书画，书擅篆、籀、真、行，画工人物，仿马和之，曾绘《豳风图》一卷，每章作小篆书经文冠其前，尤生平得意眼笔也。山水笔致幽冷，间写花草，亦别有会心，萧然出尘。

冰壶琴主潘振镛

潘振镛（1852—1921），字承伯，号雅声，曾得一琴，背镌"冰壶"二字，遂称冰壶琴主，晚署讷钝老人，又署钝叟，秀水人。潘楷孙，潘大临子，工书画，仕女法费丹旭，清轻淡雅，洁净无尘；花卉师瓯香馆，书法亦似之。间作山水，近衡山，唯不变作，传世者仕女居多。

画坛两金淑

金淑，有二人。一字纯一，号慎史，嘉善人。适娄邑沈锡章，工吟咏，善画山水、人物，旁及花卉、翎毛。金本旧家女，多藏名人手迹，习见临摹，技艺精进。曾为郭频伽绘《天风梦屋图》。一字文沙，平湖人，工诗善画，曾为沈匏庐绘《群斋坐月图》。

119

陈书画荫钱氏数代

陈书，号上元弟子，晚号南楼老人，秀水人。适海盐钱纶光，以长子陈群贵，诰封太淑人。善画花鸟、草虫，笔力老健，风神简古，其用笔类白阳，而逎逸过之。山水、人物亦擅长，间画观自在、关壮缪、吕纯阳象。居贫，以卖画自给，其子界、从子元、从孙载及族维城等，皆从受画法，亦如四家之宗卫夫人云。

陈淑兰伉俪擅兰竹

陈淑兰，字蕙心，钱塘人。江宁英堂室，伉俪多擅长兰竹，曾合写兰竹数枝赠毛俣园，毛谢以诗云："阁中清课剪冰纨，夫写筼筜妇写兰。料得图成爱双绝，水晶琏帘下并眉看。"一时传为美谈。

冒氏两画史

金玥，字晓珠，号圆玉，昆山人，如皋冒辟疆（1611—1693）姬，善画，与蔡含同称冒氏两画史，山水临高房山，得其气韵，花卉有水墨《秋葵园》，辟疆题云："余不能饮，日看画，此花亦饮醇酒意也。"厉樊榭亦题云："金钱横欹醉不胜，墨痕秋晕一奁冰。西园老击佳公子，看画花枝学信陵"。蔡含（1641—1686），字女萝，吴县人，冒辟疆室，善画山水、花鸟、人物，长于临摹，善于泼墨，其所作《乔松》《墨凤》两图尤妙，冒襄为之题，一时名人和者如林。

南曲第一顾横波

顾眉，字眉生，号横波，又号智珠，金陵人，适合肥龚芝麓后改姓徐，工诗画，善山水，尤善画兰，步追马守贞，而姿容过之，时人推为南曲第一。家有眉楼，人以眉楼目之，著有《柳花阁诗集》。

王时敏的代笔者

王时敏晚年应接不暇，常常请人代笔以应付求画者，王撰便是其主要代笔人。王撰（1623—1709），字异公，号随庵，太仓人，王时敏子，画山水承家学，对大痴之峰峦树石无不肖似，至于在笔墨技法上，亦能超逸入神。王时敏晚年应酬之作，多出其手。

"生不拜君"牛石慧

牛石慧，传说是朱耷之弟，原名朱道明，号秋月。明亡后在江西青云谱当道士。据说，把姓的"朱"字末尾的两笔去掉，作为"牛"字，其兄朱耷则用末尾的两笔，作为"八"字，这是兄弟二人分用一个"朱"字。牛石慧每署款时用草书，写似"生不拜君"四字的样子。其绘画风格和其兄朱耷很是相近，惜传世不多。

毕泷以鉴藏而兼擅绘事

毕泷，字涧飞，号竹痴，镇泽人。毕沅弟，赵溶婿，工书画，富收藏，凡遇翰墨精粹，不惜重价购之，故多宋元明人珍品，而于烟客、南田、墨井、石谷、麓台诸家，尤为胜迹，颇负赏鉴之名。其所作山水及竹石，苍润深秀，得曹云西遗意。广东省博物馆藏有墨笔《萱草图》。

孝子黄向坚

黄向坚，字端木，常熟人。孝子也，其父孔昭，作宰滇中，不得归，乃徒步往寻，自顺治八年十二月出门，至十年六月，奉亲归里，承欢二十年，父母殁，负土营葬，得疾以殉，好事者谱《黄孝子寻亲图传奇》以风世。孝子善画，寻亲时所历滇中山水，干笔皴擦，天然苍秀，有黄鹤山樵遗意。

金石家雅擅丹青

黄易，字大易，号小松，仁和人。黄树榖子，能诗，工书，善画，尤精篆刻，为西泠八家之一，善承家学，画山水，笔意简淡，所写景物，亦系冷逸一路，性好古，喜残碑断碣，搜仿于荒烟茂林间，曾自写《访碑图》十六帧，颇逸致。翁潭溪为之书碑文于上，最为精妙。钱竹汀题云："平生未有和峤癖，作吏偏于孟母亲。一辆芒鞵一双眼，天将金石付斯人"。又工花卉，宗南田，官济南时，一花片叶，皆能于市易钱，间作墨梅，亦有逸致。

近现代画苑杂识

任伯年的画

任伯年，名颐，号小楼。他早年非常崇拜清代人物画家费丹旭（字子苕，号晓楼），故号小楼。他的作品以人物为第一，花鸟第二，山水第三。鉴定他的画，如果是花鸟，要看鸟的嘴和爪，俊俏有力的才是真的，否则多为学生代笔。

吴昌硕三十后始作画

吴昌硕，原名俊、俊卿，字昌硕、仓石，别号缶庐、苦铁，七十后以字行，浙江安吉人，寓居苏州、上海。擅长书法，尤精石鼓文，不拘成法，朴茂雄健，自成一格。

125

精篆刻，融合皖、浙诸名家及秦、汉印文精华，成为一种独创风格。三十后始作画，以写意花卉蔬果为主，山水、人物偶然为之。在传统技法上吸取徐渭、朱耷、道济、赵之谦所长，并受任颐影响，兼以篆、隶、狂草笔意入画，苍劲浑厚，创立新貌。其绘画特点是，壮气势，重整体，奔放处不离法度，精微处照顾气魄。对用笔、用墨、用色、署款和钤印的布白、疏密、浓淡、轻重，都能运用在画面上配合得宜，兼工诗，著有《缶庐集》及印谱《缶庐印存》等传世。其艺术风尚，在海内有较大的影响。

徐悲鸿与任伯年

徐悲鸿（1895—1953）大师一生都崇拜海上画家任伯年，他自说是任伯年的后身，因任伯年死的那天正好就是徐悲鸿出生之日。任伯年五十八岁去世，而徐悲鸿也是活了五十八岁，这真是非常巧合的一件事。

徐悲鸿喜收任伯年的作品，但没有钱（当时徐悲鸿不卖画，生活拮据），见到任伯年的画就拿自己的画和人家交换，初时是用三四张换一张，后来逐渐地就减少了，到最后是一张换一张了。

徐悲鸿说任伯年画的最精彩处是嘴和脚。嘴、脚有独到之处，特点是挺拔有力。

徐悲鸿后来还专门编了任伯年的年谱，写过关于任伯年的文章。

齐白石的印

齐白石到了晚年（八十岁）名气更大了，市上假他画的人很多，他花钱制了一颗钢印，一般钤在画的下端。这事他一般不对人说。

齐白石有一方印，印文曰："王樊先去天留齐大作晨星"。"王"为王闿运（1833—1916），"樊"为樊增祥（1846—1931），这两人都是齐白石的老师。

齐白石的人物

齐白石一生画过各种题材的画，但他自己和别人说"实际我的人物画得最好，最传神，因为我是画人物出生的"。

绘画"伤神"

古代绘画，经过不断装潢，画上的颜色有的会脱落，这种叫作"伤神"。北京有两位画家，一名刘少侯，一名金振之，他俩能把这种伤神的画修整，而且技术是相当高超的。

关于蒯寿枢

著名鉴藏家蒯寿枢又名若木，北京人，我曾见过他。凡经他收藏的书画，大多钤朱文长方印"礼乡府君遗物"和"蒯寿枢家珍藏"，而且两方印多同时钤。

张大千二三事

我幼年时在北京与张大千同住在一条胡同（桐梓胡同），张大千排行第八，人官称"八爷""八老师"。他与家父苏永乾（1888—1963）是好友，曾写一张纸条叫我到一人家取东西，记得大意是：绍介庚春世兄前去您府取明画……我看了条子后问八老师，"介绍"二字您怎么写颠倒了，我这么小您怎么称我为"世兄"？他说，"介绍"和"绍介"两词可以通用，"世兄"其实就是侄子辈。

张大千曾专门派人收购绢本的古画，价格比较便宜（当时大约十块钱左右），他说如果收到一张宋画，那就值了（因宋画多为绢本）；他还专门搜集旧裱装的"废料"（不用的裱边、残绢、纸等），以供不时之需。

颂谢夫子画艺

江苏常州是江南名城之一，是个画家辈出的地方。谢稚柳（1910—1997）老师就是在这个名城出生的。少年时他醉心于明代陈老莲的画，正如他的诗中所述："春红夏绿遣情多，欲剪烟花奈若何，忽漫赏心奇僻调，少时弄笔出章侯"。中年他画风一变，不是步着前人的后尘去依样画葫芦，而是崇尚明人沈、文、仇、唐，又直抵宋人。经过一番艰苦的探索，终于觅着了燕文贵、董源和巨然的画技，吸收了董、巨的布局章法，采用灵活变化的方式，画面虽浓重却清润，既兀山大岭，又淡墨平远，从古中来又不泥古不变，创出了自己的新风格。在将近晚年时，他开始热心于北宋徐熙的落墨法，不断精心探研，画风由工笔细写，转向粗笔奔放，色彩由明净单纯，进入墨彩交融的境界。他那独特风貌，有"酒香扑鼻，酣墨横溢"之趣，真不愧是大家之手也。

画家姓名趣谈

现代画家谢稚柳一生崇敬明代陈老莲（陈洪绶），"谢稚柳"对"陈老莲"；山东有一位画家慕齐白石之名，他起一名字叫鲁赤水，"齐白石"对"鲁赤水"，都是绝对。

关于岭南画坛

明以前的岭南画家

岭南从唐至清代，按汪兆镛编著的《岭南画徵略》一书记载，共约四百余人。

唐代二人，一为张询，字正言，南海人，擅画山水；一为徽和尚，亦为南海人，擅画龙。

宋代一人，为南宋的葛长庚，后改名白玉蟾，原籍福建，出生于海南岛的琼州，擅画梅花，扬州八家的金农受其影响尤深，亦兼擅人物。

元代至今尚未发现有记载的画家，这还是个谜。

其他画家则都是明清时代的了。

顺德"二苏"

顺德"二苏"是指广东的苏六朋和苏仁山。

苏六朋，字枕琴，号怎道人，别署罗浮道人，十九世纪初叶广东顺德人。他在幼年时曾拜广州大佛寺住持德堃和尚为师，后在广州石亭巷创办一座画室，名为"石亭池馆"，以卖画自给。他的画艺取法宋元，擅长画人物、山水。绘画题材也极为广泛，有仙人佛道、人物山水、民间风俗、文人事迹、讽刺画等，其中以白描寒士、市井人物和一些讽刺性的作品最为人所乐道，这是他的独创的风格。他的画笔法飘逸，技巧高超，欲细则细，欲粗则粗，运用自如，并能精研前人画法，尤对唐寅、陈洪绶画法用功最深。故其早年较工细严谨之作，多不离唐、陈二家面目；其后期写意苍劲之作，则类似黄慎、上官周。所作山水，笔墨清隽，气韵葱郁，意境朴茂，丘壑渊邃。此外，亦善以指头作画，多运用于人物题材方面。其家室余菱，子苏腾蛟，孙苏逢圣亦均能绘事，承其家学。

苏长春，字仁山，别署静甫、夤珊、七祖、栖霞等，自号菩提再生身尊者魰潺，广东顺德杏坛人，工画人物、山水、兼擅花卉。其画不师古法，不泥古人，能自辟蹊径。对于用笔、构图、意境皆有新意，笔法多用干笔焦墨，表现尽用线条和白描法，很类似古代木刻，有一种苍劲古横的气韵。这是他由石刻造像所变化出来的一种独标的新格调，纯任自然而不觉其板滞的独特的画风。生前不得志，为人癫怪，曾被其父——画家苏引寿以不孝罪系于狱中。生于嘉庆十八年（1813），卒年则不详，但从其传世的作品看，最晚的为道光二十九年（1849）的作品，可知他大致卒在此年或此年以后。

苏六朋以尺幅寓早晚

苏六朋，善画人物，远学唐六如，近效黄瘿瓢、上官周，粗细笔俱佳，其作品可以大小幅定早晚年。大幅是其早年因袭古法，多为历史故事；小幅者是其晚年，皆民间生活，风俗画，大有现代漫画的作风。道光间，张维屏、黄培芳诗人修禊，多属六朋为之图。

"谁来买我画中山"

熊景星,字伯晴,号笛江,一作获江,南海人。嘉庆丙子(1816)孝廉,工诗古文词,善书,兼擅山水及花卉,凡有求者,必须润笔,求者多则吟唐六如句云:"闲来写幅青山卖,不使人间造孽钱"。如求者少,又吟六如句云:"湖上水田人不要,谁来买我画中山"。闻者绝倒。

岭南"二居"

清代同治、光绪时期,广东花鸟画有新的风貌出现,其中尤以"二居"即居巢、居廉为代表。

居巢,字梅生,号梅巢,番禺隔山乡人,生于嘉庆十六年(1811),卒于同治四年(1865),享年五十四岁,工诗书,擅画花卉。曾在广西充任按察使张敬修的幕客。张敬修是广东东莞人,后又结识了广西环碧园主人李秉绶,在他家经其介绍认识了江苏的孟觐乙、宋光宝两位画家(宋、孟二家都是画花鸟的名家),遂师其法,以后又学习宋元人的骨法和神韵，深得恽南田飘逸妙趣。他的画法有一种疏朗淡雅的情趣。

宋光宝是江苏吴县人，他的画法以工笔见长，重视写生，受恽南田的画法影响。

孟觐乙是江苏常州人，着重写意，不大重视色泽，笔法近新罗山人。

居廉乃居巢之从弟，字士刚，号古泉，别署隔山樵子，晚年自号隔山老人、罗浮散人，生于道光八年（1828），卒于光绪三年（1904）。

高剑父开创"岭南派"

高剑父（1879—1951），番禺人，早年师事居廉，后留学日本东京美术学校。归国后加入同盟会，组织广东友会，并任会长。辛亥革命后，从事美术教育，历任中山大学教授、春睡画院、南中美术院院长。工山水、花鸟、走兽，也能画人物。作画特点是融会日本画法，着重写实，抓住对象的特征，传其神情，形象真实，色彩润丽，构图别致不落陈套，自成新的一种风格，有浓厚的南国情调，特别是在写生、写色、写光、写气候、写动态，以及透视、远近、阴阳等皆有深邃的造诣。折中了中西精华，因此，开创了"岭南派"。

陈树人乃居巢婿

陈树人（1883—1948），番禺人，居巢婿。在十七岁时就受业于居廉之门，继而留学于日本。归后除从事政治工作外，则致力于绘画艺术，主张采撷中外古今画学之精华，运用于国画之中。所作山水、花鸟，笔墨清新，创有自己的风貌。其作品传世是相当丰富的，1978 年 9 月间，其家属将所藏陈氏的遗作二百余幅，捐赠给广东省博物馆。

谈谈卢延光的画

记得我刚刚认识卢延光（又称卢禺光）的时候，他是一个获得过"全国连环画十家之一"称号的出名画家，以画人物知名。他的《一百皇帝图》《一百仕女图》《一百儒士图》《一百僧道图》等百图系列，一本一本不断地被出版。接着，他以国画形式画人物画，尤其以仕女为多，设色也淡素，由较为写实向象征性发展，比如将眼珠（古时候称为传神"阿睹"）虚掉，造型上最富于表现力的那一只手，只集中写她的手部甚至手指，而其余诸如手臂、衣袖等全部虚掉，留出了让人联想的空间。这样一处理，仕女似乎神仙化了，有一种残缺、不完整的美。其实，他要表现的是其心目中理想的美——优雅德馨、无欲无求，一种格调很高的美。总的看来，卢延光的仕女画以线条为擅长。

近几年来，他的兴趣已经转向了写山水，总的风格也是以线条为擅长。

中国绘画中的山水，是个很有历史传统的大系统。它最早是作为人物的一个陪衬、背景出现，所谓"人大于山，水不容泛"，就是说人物是主要的，山是作为陪衬的，水全都装载得住。我们国家现在能见到最早的山水画，是现藏故宫的隋代展子虔的《游春图》，有宋徽宗皇帝题签，虽然最近有人考证说不到隋，只到唐代，但也是山水画成形的实物代表。唐代的李思训、李昭道父子，王维，宋代的李成、范宽、"大小米"（米芾、米友仁），元代的黄子久、王蒙、吴镇、倪云林四大家，明代的文徵明、沈周、唐寅、仇英四大家以及董其昌、清代四王、四僧，等等，都是历史上杰出的山水画家。

卢延光馆长，在经历了一段时间专攻国画仕女画之后，路子变而写起山水来。他的山水画布局构图繁密完整，勾画点染精谨，笔墨爽劲秀逸，不遗传统法度的同时，也有生活的体验。卢延光先生的一些山水画，如《归庐图》《高卧图》《访客图》《听松图》《避暑图》《山居图》等等，颇有元人风度，其构图布局间层层叠叠，繁密丰富，尤其近元四家之一黄鹤山樵（王蒙）的路子，也有吴镇的路子。交谈之下，原来卢馆长十分崇拜黄鹤山樵、吴镇等大家，对传统山水十分倾慕，用心研究。他说，以前自己很反对传统，那时幼稚得很，因为那时候不大了解传统。现在感到中国山水画传统是个巨人，不研究传统，就难以站到巨人的肩膀上。

卢延光的山水取法的两位元代大家，自有他们深厚的功力和成就的。王蒙，字叔明，号黄鹤山樵。吴兴人，赵孟頫的外孙，"诗文书画尽有家法，尤精史学"。其山水除了受到赵孟頫影响外，还继承董源、巨然传统，然能自出新意，布局充满，结构复杂，层次繁密，格调苍浑秀逸。

《清秘阁集》卷九题"黄子久画"载"本朝画山林水石，高尚书（克恭）之气韵闲逸，赵荣禄（子昂）之笔墨峻拔，黄子久之逸迈，王叔明之秀润清新，其品低固自有甲乙之分，然皆予敛衽无间言者"。在当时已是最高级别的定位。而且他比清代人，比"四王"的格调、路子都高，同朝代的倪云林也以"叔明笔力能扛鼎，五百年来无此君"称赞其笔墨功夫。梅花道人吴镇，擅山水墨竹，为人孤洁，隐居乡里作画，直到明代终于被奉为"元四大家"后，才受到重视。他们的山水画，如《夏日山居图》、《林泉读书图》、《匡山读书图》（黄鹤山樵），《槐阴读书图》、《渔父图》、《秋江渔隐图》（梅花道人）都志在林泉，表现与世无争、淡泊归隐的理想生活。

瑞士精神分析学家容格在其自传上说，人们的主要问题是，他是否关乎无限，这根本就是生命的问题。……个人越重视财产、名誉，他就越愚钝于真正最必须的本质，也就越不能满足于生活。人的物欲越大，其精神的世界越受束缚和局限。卢延光的山水画看来也在尝试超越物欲，追寻人性对"几时归去，作个闲人。对一张琴，一壶酒，一溪云"（苏东坡）式的自然和自由复归的尝试。

卢延光的《归庐图》是其多种取高远法为构图的山水之一，这幅画，远山染黑成黑山，这是很有生活的，以前我在西樵山陪同擅长用墨的画家李可染先生游览时，见过夕阳下的山就呈黛黑色。不过，卢却在山峰上作了醒上白苔的艺术处理，十分得宜。在设色上，卢崇尚淡雅，既传统又现代。画面上山与蕉林修竹，茅屋与流水归楫虚实相间，动静相生，无论局部线条还是整体构图，都显得秀逸高雅。此外，还有作者自己题写的短论，诗书画印配合，相得益彰。

卢延光不仅山水崇尚文人画，是位具有人文精神的画家，也是广州美术馆馆长。

当好一个画家不容易；当好一个馆长，更难；在画家与馆长之间取得平衡，难度更甚！他原是希望半天当馆长，半天当画家。实际上，当馆长的时间总是扩张，经常扩张到晚上、节假日，当画家的时间常常被挤压到一两支烟的功夫里。难得他常常办公之余见缝插针画画，其馆长室同时兼他的画室，繁重的管理与行政工作之片刻闲暇，始终不肯舍弃耕耘自己心灵那块一山一水、一草一木的艺术空间，保留那么一点心灵的自由。作为一个艺术家，其理想家园是构筑在近乎道家山林自然的淡泊之中；作为一个馆长，他又慨叹"文化大革命"中被破坏得可怜的道德伦理、尊卑秩序，因而就常常对他的下属讲儒家文化，讲人际关系和要成名、要有作为的思想。孔子说："不患人之不己知，患不知人也"，因而"己所不欲，勿施于人"是立身做人的基本道德，"敏而好学，不耻下问"是出学问、成名的途径，都是儒家的东西，他本人的居室曰"三省庐"（"吾日三省吾身"）出自孔子的学生曾子，人贵在能够经常自觉地反省自己。卢延光的书斋兼画室名曰"半半居"，包含了他中庸的人生哲学。其中，他提倡博爱的治馆观点，批判非白即黑，提倡调和、和谐的中间色——灰色，讲儒家的中庸之道，提倡公开、公正、公平和平实、平和、平淡的"三公""三平"，用这些观念调和矛盾，和谐馆内的人际关系，稳定美术馆局面。当好馆长的同时，他贡献了大量的精力与时间、作品，他的艺术创作减产了，但也创作出仕女画、山水画近百幅，出版了文集《悠然看云——卢禹光游艺录》，1998年广东画院为他举办了"卢延光画展"，获得了许多好评，最近又出版了《卢禹光画集》。

犁春居尺牍

致任发生①（1975 年 12 月 13 日）

任主任，各位主任：

我俩 12 号晚乘车 13 号抵河南，吴南生同志的爱人许英同志接我们并安排了住宿，14 号是星期日，15 号星期一去了河南省博物馆，由该馆林治泰副馆长接待我们。定于 16 号先去禹县（钧窑瓷厂），然后去开封，再去洛阳，估计这几个地方呆个十天左右，于 27、28 号就可返回广州了。在

---

① 任发生，原为广东省博物馆馆长。

142

湖南醴陵时在他厂买到了一件大花瓶，是一件精美的器物，出口价需二三千元算我们原是 500 元，后我们找到了他厂的主任，结果 400 元成交了，还买了一件小花瓶 25 元，一共是两件共价 425 元，由他厂办理托运我馆，估计很快就可收到。

河南省博他们学大寨主要是要搞一个"农业学大寨"展览，其次就是考古人员配合农田水利搞调查，特别是他们搞了一个全省的文物工作座谈会，参加的人数初定是二百多人，后来共有三百多人参加，有外省的辽宁、黑龙江、北京、天津等地也参加了这个会议。北京文物局谢辰生参加了这个会议。我们想把他们这次会议的材料要一份寄回去（他们的会议在新乡，15 号结束的）。

他们的文物商店的情况是：

（1）将开封市的文物商店提升为升级的，这样就有基础了。

（2）省委批了 60 万元（资金 30 万元，建筑费 30 万元）。

（3）河南省博物馆派出三人做筹备文物商店的工作。

另外是孙主任要买的鸭绒被心，尺寸：1 米 1×53 公

分，价 26 元，不要布证，我们感觉挺贵没敢买，如不嫌贵可来信告知即买。余容后叙，草此祝

各位主任都好。

良璧、庚春全上，1975. 12. 17.

致林祝华① （1984 年 3 月 25 日）

祝华同志：

大札收悉，蒙赐宴，深为感谢。四月一日因为不能赴约，乞望原谅是幸。

握手！

苏庚春顿首，三月廿五日。

① 林祝华，广州收藏家，以收藏陶瓷著称。

致陈岩① （**1986 年 4 月 8 日**）

陈岩同志：

前在京与您店定下的费晓楼、黄之淑绘画两件，返穗后和省博物馆负责同志谈过，很为感谢您店对我馆的大力支持，但因今年的收购经费尚未拨下来，故此还要等一段时期画款方能汇上，不恭之处，乞望原谅是幸。

尚此　顺颂

文祺！

苏庚春顿首，四月八日。

代问候雷同志好，不另。

---

① 陈岩，书画鉴定专家，北京市文物鉴定委员会委员、炎黄艺术馆监事、李可染艺术基金会理事、中华文化促进会书画艺术委员会副会长。从 1962 年开始学习书画的鉴定和收购，亲历了新中国成立初期、"文革"时期及改革开放以后中国文物界的几个重要发展时期，著有《往事丹青》《丹青余韵》等。

致顺德博物馆林家强① （1988 年 3 月 24 日）

家强兄：

您好！今趁丹阳沈师傅去贵馆之便，特带此信问候并通过您向启昌老馆长问安。前几天在广州市文物总店见到罗复堪七言行书联两对，每对一千多元，两对用不了两千五百元。

另，李文田楷书七言联，价八百元，三对均完整干净，新裱工，不知您馆有意收藏否？望便中告知是盼。

握手！

苏庚春拜上，三月廿四日。

致庞戎②等 （1990 年 1 月）

庞戎、鸿毅贤伉俪：

春节将临，遥祝新春快乐，诸事遂心。

---

① 林家强，原广东顺德博物馆书画研究学者。
② 庞戎，北京书画鉴藏家，庞莱臣后人，兼擅绘画。

关于书画方面的事，有些问题，一时可不大容易谈清，晤面时再详谈。故宫《相马图》，我尚未看到此图，总之《渔父图》这幅画，我看画得是相当好，是件好东西。

你爸爸前些日子曾来过广州，他精神挺好。他说春节后可能再来玩玩，我们欢迎之至。请告知鸿毅，要加注意身体为盼。

余容后叙。书此祝文祺！

> 庚春、沛之仝拜上，一月七日。

致谢辰生①（1994 年 6 月 25 日）

辰生同志：

宋元书简事，回穗向南生同志汇报，他挺高兴。他说，有人能出钱代我们收进，那是再好也没有了。昨日又与他

---

① 谢辰生，江苏武进人。曾任郑振铎业务秘书，主持起草 1982 年《中华人民共和国文物保护法》，撰写《中国大百科全书·文物卷》前言，第一次明确提出文物的定义。现为中国文物学会名誉会长、中国历史文化名城专家委员会委员，出版有《谢辰生文博文集》《谢辰生先生往来书札》等。

晤面，他嘱向您奉函询问一下，16 号拍期已过，不知此物我们拍获到手否？近日不知有否消息？望您在百忙中赐我一信为盼。

　　耑此　敬祝

　　愉快！

苏庚春拜上，六月二十五日。

致宋良璧① （1992 年 6 月 10 日）

良璧同志，您好：

　　光阴真快，一晃又有多日多月没有晤面了，很为想念。昨日晚间接到来信，知悉您近期为全省文物鉴定、分级等工作，十分劳碌，但需要多加保重身体才是。因为年岁大了，不能像年轻那样了。

---

① 宋良璧（1929—2015），河南西平人，原广东省博物馆保管部主任，陶瓷鉴定家，曾为广东省文物鉴定委员会委员、中国古陶瓷学会理事、中国博物馆学会保管专业委员会理事，主编有《广东省博物馆藏陶瓷选》，著有《古陶瓷研究论集》。信中"郭锦云"为宋良璧夫人，"蕴贞"即张蕴贞，别名张沛之，擅画，为苏庚春夫人。

我自来京后，无善堪陈。主要身体一年不如一年了，做什么事都没有勇气，很不愿动。加之腿脚行动都感到不便，的确觉得进入老态了。蕴贞的病比我还多，心脏血压都有问题，现在是天天看病。

炎黄文化研究会的信，不会有急事，放在您那里就行了，聘金也请不要寄来为好。

近期北京瀚海拍卖的挺好，书画六千多，瓷器杂项四千多，共有一万多元。北京嘉德就差得太远了，有些大名之画，没有拍出去。共有四千多元。

老郭锦云大姐请代我向她问好，北京有事要办，请即来信。

匆此　敬祝

暑安！

庚春、蕴贞　仝拜上

六月十日。

致宋良璧（8月22日）

良璧学长雅鉴：

六月二十一日寄来手教及电报均收到，感谢您的关怀和关照。电报内容令人实是费猜。来电人于嘉兴，不知其人是谁，更不知此人是好意还是恶意，只能凭其自然罢。

近期又患感冒，喉咽发炎，今日已渐好些了。老伴也是同病相怜，比我还严重，年老多病，真是没有办法。

北京自立秋后，已逐渐凉爽了，真是气候宜人，舒服极了。

我俩拟于十月中旬返回广州。北京若有事要办，即请来信。另，补助费就存在您处，不要带到北京来。

余不多写，请代问候锦云及老阿姨均好！

苏庚春、张沛之　仝拜上

八月二十二日。

致朱万章① (**1997 年 6 月 5 日**)

万章兄，您好！

书签写了，现寄上请收，不知合意否？如不成，可撕掉再写。

祝愉快！

苏庚春拜上，六月五日。

致朱万章 (**1999 年 6 月**)

万章朱贤棣清览：

不晤面曲指已一月有余了，随时都在怀念中，卜一切安善为祝。近日收来示并报纸，这对我糖尿病人有很大参

---

① 朱万章，四川眉山人，1992 年毕业于中山大学历史系，获学士学位；2011 年毕业于中国艺术研究院明清美术研究专业，获博士学位。现为中国国家博物馆学术研究中心研究馆员。1992 年起师从苏庚春从事明清以来书画鉴藏与美术史研究，著有《书画鉴考与美术史研究》《岭南近代画史丛稿》等论著二十余种，同时兼擅绘画，以画葫芦著称。

考作用，为此谨向你致以万分感谢。我身体还算好，没患什么大病，请勿念。余容后叙。

嵩此　祝暑安！

苏庚春顿首。九九，六，二十八。

遇晓英①同志请代问候，遥祝她身体工作都好。

---

①　"晓英"为单晓英，曾为广东省博物馆研究馆员、广东省文物鉴定站主任、广东省文物鉴定委员会委员，苏庚春学生。

犁春居序跋

《明清以来书画鉴定家选》跋

书画做假始于何时，目前尚未能详考，据知北宋时期米芾（南宫）就临摹东晋王羲之的书法，当时只是作为游戏而已，或者是留作资料。其后之做假者，除了游戏之外，主要为了牟利。由此世上做假书画就广为流传。书画既有真假，那就需要鉴定，也就是说，有真有假，有对比，才有鉴定。

历史上曾经出现过一些有名的书画鉴定家。书画若经过他们的收藏鉴定，一般来说，可以增加其真实性，并可给后人提供一个可信的保证。

宋元以前的书画，保存下来的极为稀少，今天我们所见到的多是些明清时代的作品。故，现仅将明清以及近现代时期部分较重要的收藏鉴定家简而介绍出来，以供书画爱好者参考。本书出版得到文雅堂的鼎力帮助，谨此致谢。

（一九九八年六月于北京）

《顺德历代乡贤书画名迹集》序

我国博物馆对文物的收藏、保护，应该说这只是个手段，而其目的就是要宣扬、使用、发挥它本身的作用，这是定而不移的一个道理，绝不是为了只收藏而去保护的，不然我们花费了那样大的力量来保管它是为了什么呢？今年我有幸到顺德市博物馆，敬观了馆藏的四百多幅书画，使我获益匪浅。这批书画与顺德市上级文化部门领导，对文物的重视、支持是分不开的，特别是苏启昌馆长以及林家强等同志，历年来对馆的藏品是做了大量工作的，如接受捐赠和征集等等，从而使馆内的收藏得到了充实和提高。当时我们议论，能精选一批书画，请社会贤达高士赞助，出一本馆藏书画专集，这是我们所盼望的，今这一心愿是可以实现，真是令人高兴。现选出明、清一百四十幅书画，其中全是本乡贤哲之作，这是既有史料又有文献价值好作品，如明代梁元柱森琅公少年自画小像，清代苏珥草书，梁九图墨兰，近代伍学藻一本万荔等。对于全国有名的书画家尚有明末彭睿壦草书，清代黎简孤木奇峰，苏仁山古木竹石，苏六朋苏武牧羊也都是他们优秀的佳作。《顺德历代乡贤书画名迹集》即将能印刷出版，这就是使古代的一些法书名画发挥它们作用的一种方法，因此是值得欢庆的。

《卢子枢书画集》序

余南来广东省博物馆工作有年，与粤中书画家、收藏鉴定家时相交接，而与子枢先生请益切磋尤多，因知先生之为人及其艺事。

先生祖父介眉公善属文，兼通画事，余尝见介眉公所绘山水数帧，笔法简练，境界清幽，题识文字、书法亦清雅可人；伯父勉斋为清末秀才，先生少沐家风，亦不时挥洒，及上虎门中学，奠基于陈丘山先生西画原理及技法课，旋入广东高等师范学堂深造，文史书画精进。毕业后复收教学相长之益，其间参与"赤社""癸亥合作画社""广州国画研究会"及其画事活动，以为人谦和恬淡，画风淡雅隽逸，功底深厚而为人称许。一时清游会耆宿时彦、社会名流均折节与交。因时获观世家所藏名迹，金石碑帖，甚或假借归家，把玩临摹，又于市肆偶有所见，亦必流连揣摩，默记而归，详为著录，有当意者虽倾尽阮囊，略无吝惜。以其识力卓越，所藏尽皆精妙。交游既广，见闻遂多，加以治学勤奋，日不停于披览，手不停于挥运，态度严谨缜密，是以年末立而卓然有成。城西小画舫斋为广州文人荟萃谈艺之所，以先生英年俊发，许为座上之客；五十万卷楼主莫伯骥延为入幕之宾、礼聘为其珍藏古籍钩稽点勘编目；汪兆镛视之为忘年之交，请其作画，鉴赏辨别藏品；及张大千南来过香港，黄般若招游太平山，邀先生与黄君璧作伴。黄宾虹于上海观赏全国首届画展，首评先生为"卢子枢氏《松溪高隐图》上师董源，局势雄厚，笔法浓淡黑白，干湿兼用。骎骎乎古，卓尔不群"，黄氏心仪其人，迨后抵港，即请友人函知先生，急赴港良晤谈艺。小品文家郑逸梅《艺林散叶》谓："卢子枢之画在粤负盛名，苏沪却少知音，谢稚柳见子枢山水，云'目前世之摹董香光者，无出其右'；陆丹林以子枢画示吴湖帆，湖帆留置一周，借以欣赏。"于此可见先生画艺超卓一斑。

先生习画，由西而中，胎息"四王"，上溯明董香光、沈石田、文徵明，元赵松雪、黄子久、倪云林，宋"董巨荆关"，博观约守，尤著力于董，心赏其画图、文、书法并茂也。又尝随广东省立女子师范学校迁教西樵，课余倘佯胜境，汲取山川灵气，渐脱凡俗，机杼别出，秀逸闲雅，纷披楮墨之外。晚岁又饱览南粤，畅游三吴，蕴积愈厚，生发愈丰，山川漱于胸廓，法度泻于毫铦，性情流于纸上，成一己温文雅淡，饶有书卷味之面目。

刘熙载论书谓："笔性墨情，皆以其人之情性为本。"余每叹为知言，子枢先生于书法，用心之苦，用功之勤，实不亚于画，以精熟见称。其隶书慕张迁、礼器、乙瑛、史晨，而沉雄朴茂，得景君精粹；小楷秀润温醇，翩翩儒雅，悦人心目；尝见其作圣教、兰亭体，知渊源有自，中参以褚河南，李北海、苏米，而一以董之率真自然为归，章法错落有致，墨趣浓淡相宜，不矜不怪、不激不励，雍容蕴藉，一如其人，尤为识者击节爱赏。

论者谓："画虽一道，各擅胜长，先生之画以山水为工，以疏朗远淡为妙。"又谓："其画每以秀逸酣畅之小行书，题写清词丽句，或叙以典雅洗练之文，中和娴雅，深得明文人之遗韵，所谓文质彬彬，然后君子者也。"

子枢先生断断守诚，一生志学。长于余二十四岁，不以年齿自高，博学自处，举凡周金汉简，唐碑宋礼，画道书风，真伪论断，疑难折衷，言简意赅，理切事明，态度谦和，不自骄矜，为余心折。

今值先生书画集付梓，因缀数言，以表钦仰。

《苏庚春张沛之书画集》序

一个是已过七十，一个是将近古稀，二人合作在一起，已是一百四十多岁了，老家都是河北省深县，由于受到家庭的熏陶，又因自己对书画一门有极大爱好，在长期的工作中，耳濡目染大量的法书、名画，因而对翰墨丹青，也就有了些点滴的心得。

她曾得到上海吴青霞、唐云，北京许麟庐、周怀民等老师指授，喜画画花鸟、山水、人物。我则崇尚书法，对历代名家真、草、篆、隶多有临池。

今承蒙文雅堂主人杨广泰艺友及该堂全体同志的深情厚爱，举办这一展出，并选编次册（共有百幅作品），这是对我俩的鼓舞和促进，深表谢忱。自知我们的艺术水平，还是十分幼稚，没有什么特色，比起老一辈专家、老师们，要相差十万八千里，可能是贻笑大方，应该说是我俩的刚刚起步。（苏庚春、张沛之，一九九六年十月于北京）

《曾景充书法集》序

景充艺友是我来广州后就相识了，他为人朴实多才，聪颖勤奋。在书法艺术的道路上是勇往直前力学不辍的。多年来在不断地学习实践中，不论是钟鼎文、八分书以及《爨宝子》等名碑法帖，都成为他抚、摹的范本，所书的作品能各尽其妙。尤其是对明代王铎、张瑞图、傅山，清代邓石如、张裕钊，近代沈增植这几位著名书法家，就更有心得。如王铎"纵横奔放、用笔遒劲"，傅山"字势豪迈、笔力劲拔"，邓石如"朴茂古厚、苍劲蕴藉"，张裕钊"质朴严谨、内圆外方"，都能掌握他们的书写风貌。特别是对沈增植的"笔法浑厚、拙中寓巧"的书法特点，则更是得心应手、运用自如。我曾这样说过，景充临摹的沈书，如果他不署名的话，我会误认为是寐叟所书。他为了鞭策自己，颜其居名"孜艺楼"，就是孜孜不倦地攀上艺术的高峰。近年来，他搜集、整理了有关行草方面的资料，真可谓丰富多彩，图文并茂，洋洋大观。现已编著成书。这部书的出版对书法艺术的学习者和爱好者而言，将是一部极为有用的参考书，同时对景充同志在书法艺术方面辛勤劳动的成果，也是一个最好的例证。为此，是很值得庆幸的。

（苏庚春识于广州，一九八五年冬月）

附录：

苏庚春生平简表

1924 年（甲子），1 岁

11 月 21 日，出生在河北省深县石槽位村。父苏永乾，母王氏。

1927 年（丁卯），4 岁

是年，随父母到北京居住。

1930 年（庚午），7 岁

是年，入读北京茶儿胡同明德小学。

1934 年（甲戌），11 岁

小学未毕业，离开明德小学。

1935 年（乙亥），12 岁

在北京茶儿胡同读私塾。

1936 年（丙子），13 岁

继续读私塾。

1937 年（丁丑），14 岁

开始在其父经营之字画行贞古斋中做学徒，其时店中随其父学艺之师兄有樊君达、李世尧、崔振崑，做学徒先学做饭，苏庚春做了两年饭。

1939 年（己卯），16 岁

开始随父苏永乾学习书画业务。据苏庚春回忆，"首先学习包、卷画和整理画等，以后再慢慢熟悉历代书画家们的名字，以及鉴别真假等等"。

1940 年（庚辰），17 岁

与本乡槐家洼村王小玲结婚，生长子苏振纲。

1941 年（辛巳），18 岁

据苏庚春回忆，是年"开始懂得了字画方面的一些基本常识，这样以后逐渐能独自收购一些货"。

1942 年（壬午），19 岁

赴天津收购字画，与父亲朋友韩慎先认识，并拜其为师学习书画鉴定，"曾一度向他学习鉴定字画技术，有师友之称"。

同年，又拜琉璃厂晋秀斋经理贾济川为师，"学习图章、墨、砚等知识，同时自己也好研究一些篆刻艺术"。

1944 年（甲申），21 岁

与本乡北郎里村的张蕴贞结婚，婚后即到北京居住。张蕴贞即张沛之，陪伴苏庚春一生。

1945 年（乙酉），22 岁

贞古斋中的师兄弟相继出号，店中仅有苏惕夫、苏庚春父子。是时物价飞涨，字画经营举步维艰，曾一度到东单摆摊为生。以后店中的房租也无法承担，便将贞古斋迁往住处（桐梓胡同 14 号）营业。

1949 年（己丑），26 岁

年初，经张申府介绍，认识章伯钧。据苏庚春回忆，当时是到他家送字画卖给他。章是安徽桐城人，他要买他们同乡的有名人的字画，将来要捐给他们省里的博物馆。因此苏就专门搜集桐城人的字画卖给他。

1952 年（壬辰），29 岁

和李孟东、辛衡山等赴天津、山东等地收购书画。据苏庚春回忆，"买回来的画，大部分是文物局留下。其余的也卖给一些首长和书画家们，那时如孙大光、李一氓、李初梨、卢心远等诸首长，都不断买过我店的画"，"这时周培源和他夫人王蒂澂也喜欢欣赏一些字画。我与他们联系得很好，我出外买回来的东西，除了文物局不收的，剩下的多数他们都留下，这样一直到 1956 年"。

1953 年（癸巳），30 岁

秋季，章伯钧要整理所买的字画和辨真伪，遂约了苏庚春、刘九庵、李心田三人去其家，整理其所藏字画。

1954 年（甲午），31 岁

年末，章伯钧因其收藏字画渐多，且画价较之前略涨，经济上无力承担，遂不再购买字画，于是与苏庚春便较少往来了。

1955 年（乙未），32 岁

11 月，贞古斋等十七户古玩店想申请参加荣宝斋。时荣宝斋由人民美术出版社主管，社长为邵予。章伯钧与时任文化部副部长的郑振铎很熟，于是，当时便由邱振声、刘九庵、苏庚春等人出面，由苏、刘到章伯钧家，托其向邵予及郑振铎游说，希望荣宝斋能吸收这十七户，并把申请书交给章伯钧一份。据苏庚春回忆，"在当时与他（章伯钧）见面。我们把申请加入荣宝斋的意义和托他赞助的情形与他说了。他说可以这样做，如果遇到他们两个人，他说可以和他们谈谈。因为他当时很忙，所以没什么旁的话"。此事后来因为章伯钧太忙及不久被错划为"右派"，便不了了之。

1956 年（丙申），33 岁

父亲将贞古斋交由其全权打理。是年，开始社会主义公私合营，经过一番思想斗争后遂将其画店参与合营，"协助公方代表来搞合营的一切事务"，帮助搞定产核查资工作，被组织上安排到前门经营管理处工作，任业务股副股长。同年，调往琉璃厂之宝古斋书画门市部，任主任。期间，曾被派往上海、苏州、浙江等地采购书画，一些领导经常来门市部参观选购书画，在门市部认识了前广州市市长朱光。

1957 年（丁酉），34 岁

被安排到外贸系统主办的政治理论讲习班学习半年。

1958 年（戊戌），35 岁

被下放到北京门头沟区修建斋堂公路劳动一年，任第二大队六中队副分队长。回来后即被安排到北京特艺公司字画组，从事出口工作，直到1960年。

魏今非副省长邀约苏庚春、王大山及广州的欧初赴上海为筹建中的广东省博物馆征集书画，先后拜访了谢稚柳、唐云、程十发等名画家，并经书画鉴定家张葱玉（珩）介绍，认识上海藏家孙煜峰，经接洽，孙煜峰决定向广东省博物馆捐赠五十九件明清书画。

1959年（己亥），36岁

10月，下放劳动后返城；同时被安排到北京特艺公司任商品员。

1960年（庚子），37岁

继续在北京特艺公司任商品员。

1961年（辛丑），38岁

1月，从北京调到广东省文物管理委员会，承担文物的口岸验关工作。

7月，刘九庵赴广东省博物馆，与其一起鉴定该馆馆藏书画。

1962 年（壬寅），39 岁

到广州一年多，主要从事出口把关业务。

5 月，和杨芊一起在苏州蒋凤白处为广东省博物馆征集明代张宏的山水册。

12 月，刘九庵赴广东鉴定书画作品，与其共同参与鉴定。

1963 年（癸卯），40 岁

2 月，书画鉴定家张珩，画家谢稚柳、李可染，金石学家容庚教授等人在广东省博物馆苏庚春、杨芊、莫稚等同志陪同下参观南华寺。

1964 年（甲辰），41 岁

夏五月，苏庚春临写倪云林楷书轴。

1965 年（乙巳），42 岁

7 月 1 日，撰写自传，详述四十二年来之生活、工作与书画鉴定历程。

1966 年（丙午），43 岁

春正月，于广州一榕轩书毛泽东词《沁园春·长沙》。

1970 年（庚戌），47 岁

随同广东省博物馆部分同仁赴广东英德茶厂之干校。

1972 年（壬子），49 岁

年初，为迎接美国总统尼克松访华，中国历史博物馆举办全国出土文物展览，与吴振华、陈依等广东省博物馆同仁一道送文物赴京，并参与布展。

1973 年（癸丑），50 岁

与刘九庵等在广东省博物馆鉴定书画。

是年，与徐恒彬、吴振华、何纪生等赴海南岛做文物普查，所普查范围集中在海南岛东线、西线和中线，而重点在海口海瑞墓。

1974 年（甲寅），51 岁

12 月，广东省博物馆将其所著《中国古代绘画艺术辑略》油印若干份，分发给同行及有关人士。

约于是年，谢稚柳致函吴灏，谓高房山卷为摹本，并请转告苏庚春先生。信如次："高房山卷，是摹本，其真本遂不知下落矣，作为参考，亦未始非佳事，望转告庚春同志，并致意，照片如仍须寄还，望告知。"

1975 年（乙卯），52 岁

8 月 13 日，参与鉴定西沙文物，共鉴定陶瓷等文物79 件。

8 月 28 日，参与冯先铭在广东马坝主讲的宋元明清瓷器鉴定课程。

11 月 15 日，于省吾来函。

12 月 13 日，与宋良璧一行赴河南禹县、开封、洛阳等地征集文物及了解开封市文物商店运行经营的情况。

1976 年（丙辰），53 岁

3 月 31 日，吴三立致函苏庚春。

夏，作家曾敏之有二绝句赞苏庚春、张沛之伉俪。

11 月 12 日，吴三立致函苏庚春。

是年，作《墨竹图》。

1977 年（丁巳），54 岁

岁首，刘昌潮为其画《兰石图》。

端午，王兰若在汕头为苏庚春画《墨兰图》轴。

7 月 24 日，吴子复为其书《隶书张继诗轴》。

9 月，与宋良璧、曾土金等一起赴北京参加文物鉴定会议。

9 月，马保山为其作《松柏竹石图》。

10 月 12 日，谢稚柳致函吴灏，委托苏庚春在北京为其代寻临摹绘画所用之特种绢。

是年，当选为广东省政协委员。

1978 年（戊午），55 岁

12 月，徐邦达受文物出版社委托与单国强、庄嘉怡等人到广东省博物馆参与《广东省博物馆藏画集》的作品鉴选工作，苏庚春与其共同挑选、鉴定作品。徐邦达先生在广州期间，适逢谢稚柳、陈佩秋伉俪，吴作人夫妇，郑乃光夫妇、亚明、宋文治、魏紫熙等名画家汇聚广州，得广东省委接待处安排游肇庆七星岩。广东省博物馆特地为他们举办"京沪宁名家作品展"，该展览由苏庚春策划并负责。

1979 年（己未），56 岁

春三月，马保山为苏庚春作《山水图》。

春，萧淑芳为苏庚春伉俪作《日映红》图。

5 月，天津市文物公司翻印苏庚春所著《中国古代绘画艺术辑略》（油印本）给书画培训班学员做教材。

6 月，南京艺术学院周积寅和浙江美术学院诸涵分别来函。

是年，由吴南生、欧初发起和组织"广州市个人珍藏书画文物展"，苏庚春等人负责展览策划及具体事务。

1980 年（庚申），57 岁

2 月 25 日，耿宝昌致函苏庚春、宋良璧。

3 月，为岭南美术出版社出版《林良中国画选集》撰写前言。

是年，居住北京时撰写《印章概述》一文。

1981 年（辛酉），58 岁

5 月，耿宝昌致函苏庚春、黄玉质、宋良璧。

夏，启功抄录黄庭坚《题郑防画夹》，书赠苏庚春。

11 月，赴香港中文大学文物馆参加"明清广东书法展"活动，与汪宗衍、饶宗颐、郑德坤、高美庆、高木森、马国权、林业强、李润桓、林纪康、李仁康等参与座谈。

是年，广东省文物出境鉴定组与广东省博物馆正式脱钩，归属广东省文物管理委员会办公室直接管理，出任广东省文物出境鉴定组组长。

应中山大学美学社之邀赴该校举办书画鉴赏讲座。

启功为其书《行书七言诗轴》。

1982 年（壬戌），59 岁

1 月，谢稚柳来广州，会同广东省博物馆馆长任发生与香港中文大学文物馆的高美庆、林业强及画家吴灏等在东方宾馆会晤。

春月，谢稚柳为苏庚春题写"春雨楼"。

是年，启功为其书《行书苏东坡诗》。

173

1983 年（癸亥），60 岁

5 月，为广东省文物鉴定学习班授课。

7 月，被广东省文物、博物馆学术职称评审委员会评为副研究馆员。

是年，《记鉴定端砚》一文刊发于《广东文博》第二期。

在国务院副总理谷牧以及中宣部部长邓力群的支持下，文化部文物局重新组建了中国古代书画鉴定小组，成员由谢稚柳、启功、徐邦达、杨仁恺、刘九庵、傅熹年、谢辰生等七人构成。据闻该鉴定小组原为八人，另一人为苏庚春。因苏庚春此时已被诊断出患有糖尿病，恐全国各地巡回鉴定舟车劳顿，身体吃不消，遂婉言谢绝。

1984 年（甲子），61 岁

春，广东书家曾景充为苏庚春题写"犁春送暖，鉴古通今"对联。

是年，苏庚春从广东省文物出境鉴定组组长离任退休。

1985 年（乙丑），62 岁

春，黎雄才与唐云在广州为其作《人物图》。

春三月，作《菖蒲图》。

1985 年 6 月 8 日，《南方日报》刊登陈恺、秀英的《好犀利的一双眼睛——记书画鉴定家苏庚春》。

9 月，被聘为广州市文物管理委员会委员。

是年，参与明羊城七景图（缺"波罗浴日"）的鉴定考证，确定为清初新会高俨所作。

是年，广东省博物馆所藏苏六朋作品赴澳门贾梅士博物院展览，与徐恒彬等人赴澳门，与葡萄牙总统苏亚雷斯等人共同参加开幕活动。

1986 年（丙寅），63 岁

2 月 24 日，李世尧致函苏庚春。

3 月 5 日，国家文物鉴定委员会在北京正式成立，被聘为国家文物鉴定委员会委员，赴京与会。

7 月，与秦公应佛山市博物馆之约为其鉴定馆藏碑帖。

10 月 12 日，结合广东省博物馆藏品在广州为学员讲授书画鉴定课程。

11 月 17 日，会同广东省博物馆宋良璧、陆小明、徐向东、区昀等人在该馆鉴定由广西博物馆带来的书画十张。

12 月 9 日—11 日，在广东省博物馆华侨堂为广东省书画鉴定班学员鉴赏馆藏元人《伏虎图》等书画三十件。

1987 年（丁卯），64 岁

2 月 10 日，陪同香港书画鉴藏家李国荣先生参观广东省博物馆库房。

3 月 23 日、26 日，会同宋良璧等人陪同徐邦达到广东省博物馆观摩书画十五件。

春月，为陈树人《幽香图》题诗堂。

8 月 25 日，在北京红光阁为广东省博物馆征集陈继儒、陈澧书画两件；苏庚春经手，由徐邦达写赠山水两件、书法一件入藏广东省博物馆。

11 月，岭南画派画家何漆园之子何国弼等人将何漆园遗作捐赠给广东省博物馆，赴港接收此批画作。在港期间，走访翰墨轩、集古斋等画廊并为其鉴定书画。

12 月 3 日，香港《文汇报》"图文传真"专栏刊登署名为"平实"的《苏庚春先生》一文。

1988 年（戊辰），65 岁

元月，被提名为政协广东省第六届委员会委员。

3 月 19 日，与徐邦达、杨仁恺、刘九庵等一道赴广东顺德博物馆视察，并鉴定馆藏书画。

6 月初，赴上海，会晤谢稚柳。

12 月，中国古代书画鉴定小组来广东巡回鉴定，全程参与鉴定，并与刘九庵、启功、谢稚柳、吴子玉、吴泰、饶北全、吴美美等于白天鹅宾馆合影留念。

1989 年（己巳），66 岁

5 月 27 日，与黎雄才在广东省博物馆一起鉴画。

8 月，以书法作品参展中国老年书画研究会广东分会在广州主办的"1949—1989 庆祝建国四十周年中国书画展"。

10 月，书法作品参展由广东省政协主办的"庆祝建国暨人民政协成立四十周年书画展"。

是年，赴上海，晤谢稚柳。

是年，由王坚撰写的《书画鉴定家苏庚春》发表在《广州美术研究》第 3 期。

1990 年（庚午），67 岁

夏月，抄书《端溪砚谱》。

8 月，启功书唐人句赠之。

1991 年（辛未），68 岁

夏月，为佛山博物馆（祖庙）题写"藏珍阁"匾。

9 月 6 日，中国历史博物馆外宾接待室安排书画司法鉴定，史树青、刘九庵、苏庚春、杨臣彬、章津才等参与。

是年，启功为其书斋题额。

1992 年（壬申），69 岁

孟春，自题书斋名"三省庐"悬挂于广州寓所。

9 月，朱万章识苏庚春，并拜其为师，学书画鉴定。

年底，启功到广州举办书画展。当时，为即将在文明路落成的广东省博物馆新馆征求展厅题名，经苏庚春引荐，朱万章与单晓英赴启功下榻的广州凯旋华美达酒店拜谒启功，并为广东省博物馆征集启功先生所题写的"书画馆"和"馆藏工艺荟萃展览"两张条幅。

冬月，为唐云《墨竹图》题诗堂。

1993 年（癸酉），70 岁

新春，在羊城，书徐渭《墨葡萄诗》赠朱万章。

2 月，为吴南生出版《张瑞图书湲陂行长卷精品》作序。

5 月，刘曦林主编的《中国美术年鉴（1949—1989）》由广西美术出版社出版，在"美术家"一节中，刊载"苏庚春"条目。

6 月，香港《名家翰墨》杂志许礼平会同苏庚春一同挑选广东省博物馆藏明清绘画，《名家翰墨41·广东省博物馆藏明画特集》出版，由单晓英撰写介绍文章，朱万章负责撰写作者介绍。

7 月，会同朱万章、单晓英到广州美术学院方楚雄寓所，为广东省博物馆征集方氏所绘《枫猴图》。

1994 年（甲戌），71 岁

正月初四日，为佛山梁园书《行书七言联》。

5 月 16 日，广东省政协成立"广东省政协书画艺术交

179

流促进会”，被举为副会长。

为朱万章书《行书六言联》。

1995 年（乙亥），72 岁

1 月 19 日，以广东省政协书画艺术交流促进会副会长的身份参与该会在广州胜利宾馆举办的迎春雅集。

5 月，为潮州市博物馆鉴定书画。

被聘为广州市文史研究馆馆员。

为朱万章书《行书七言联》。

1996 年（丙子），73 岁

夏月，为齐白石《松石俱寿》题写边跋。

5 月 18 日，苏庚春、张沛之书画展在广州市文物总店举行。

仲秋，为北京西琉璃厂古玩字画点题写匾额 “龙宝斋”。

11 月 1 日—3 日，苏庚春、张沛之伉俪在北京琉璃厂文雅堂举办 “苏庚春张沛之书画展”。

冬月，为潘达微《远浦归帆图》题写边跋。

冬月，为清代画家马荃《岁寒双栖图》题写诗堂。

腊月，为蔡幹书赠行书条幅。

是年，为朱万章书《行书七言联》。

1997 年（丁丑），74 岁

秋八月，在北京，为王震《寒林步月图》题写边跋。

赴佛山禅城区博物馆鉴定书画。

是年，谢稚柳卒于上海，嘱朱万章会同广东省博物馆一道发去唁电慰问其家属。

1998 年（戊寅），75 岁

4 月 1 日，美国书画鉴定家王季迁（己千）等人赴广东省博物馆鉴赏古画，苏庚春与单晓英、朱万章陪同其观摩馆藏宋元明清古画多件。

11 月 13 日，为南海博物馆鉴定书画。

11 月，应上海博物馆之约撰写纪念谢稚柳文章，题目为《颂谢夫子画艺》。

是年，撰写《古书画鉴定点滴》，刊载于广州市文史研究馆编《粤海晚涛》。

1999 年（己卯），76 岁

1 月，计燕荪画墨笔兔子为苏庚春伉俪恭贺兔年新春大吉。

4 月 28 日，为南海博物馆鉴定书画。

6 月，被广东省政协书画艺术交流促进会第二届理事会选为副会长。

9 月，由张沛之绘画、苏庚春题字，为朱万章、宋敏新婚作《比翼相依图》。

是年，为朱万章书"聚梧轩"横额。

是年，广东省博物馆举行为社会人士义务讲座并鉴定书画活动，主持活动并负责鉴定咨询，朱万章负责书画鉴定讲座。

2000 年（庚辰），77 岁

8 月 22 日，朱万章等人携带香港藏家李国荣捐赠给广东省博物馆的宋元明清书画赴京，会同苏庚春一道赴徐邦达寓所共同鉴定。阔别多年的苏庚春与徐邦达在鉴定之余，相互寒暄，问及起居，并留下联络电话，合影留念。

2001 年（辛巳），78 岁

3 月 10 日，将其历年记录的关于书画鉴定的心得装订为《书画琐谈》，后由朱万章整理，起名为《犁春居书画琐谈》陆续发表在《中国文物报》，犁春居是苏庚春先生晚年斋号。

4 月—8 月，为南海博物馆鉴定书画。

9 月 22 日，以广东省政协书画艺术交流促进会副会长的身份参与该会举办的"国庆中秋联谊雅集"。

12 月 23 日，在广州中医院病逝。

丛书（第二辑）

食豆饮水斋闲笔　汪曾祺　著

犁春居鉴稿　　　苏庚春　著　朱万章　编